西瓜(すいか)とゲートル

オノレを失った男とオノレをつらぬいた女

桑原茂夫

春陽堂書店

母のメモから（本文 86 ページ参照）

序・発見！ コウリにしまってあった母の戦時メモ

母の手帳を初めて手にしたのは、一九九五年（平成七年）五月五日、長兄宅の仏壇に向かって、恒例の「両親」訪問を果たしたときのことである。

一段落するのを待っていたかのように、いちばん上の姉から、お母さんのコウリにしまってあったんだけど、と手のひらにすっぽり収まる小さな手帳を手渡された。

コウリは「行李」と書く。今でこそ見なくなったが、どこの家にもあった簡易貯蔵ケースで、いざとなればそれをまるごと背負って逃げ出すこともできる、非常用のケースでもあった。母が大切にしていたのは、長さ六〇センチ、幅三〇センチほどの竹製蓋付きケースで、母がときどきそっと蓋を持ち上げて、中をがさごそやっているのを見かけたことはあるけれど、勝手に覗き込むようなことはしなかった。母がその行李に向き合うときの、これだけはわたしだけのもの！　といった秘密めかした雰囲気から、とてもそんなことはできなかった。

母にとってその行李は、厳しい現実のもろもろから避難してほんのひと時でも、むかしの自分を蘇らせてくれる、ホンモノのタイムマシンでもあったのだ。

さてその行李にしまってあったという手帳だが、そっと開くと、まぎれもなく母の手で書かれたもの。筆跡は見誤りようがなかった。店で（ウチはやおやを営んでいた）値札として使われていた木切れの裏などでよく目にしていた母の筆跡である。そこには昔のウタなどが筆で書かれていた。しろがねもくがねもたまもなにせむに　まされるたから子にしかめやも――貧しくたって子どもはなによりもすばらしい宝ものなのだ――山上憶良のこのウタ（万葉集・巻五）は、繰り返し暗唱もしてくれたので、忘れることがなかったし、その奔放な筆文字も、ありありと思い浮かべることができる。

ちなみに母は今で言えば、小学校しか出ていなかったひとで、逆に、学ぶことに関しては貪欲だった。

さて、鉛筆で、けっして優雅にではなく、むしろ乱暴に、大きな文字で縦書きされた手帳には、一九四五年（昭和二〇年）四月七日、オトーサンに召集令状が届いたその日から、同年五月二四日、大空襲に襲われるまでの、日々の出来事が記されていた。

まるまる五〇年前のことだ――びっくり仰天である。

母が否も応もなく放り込まれた「戦争」のただ中で起こった「戦争」のあれこれが、あれこれそのままにメモされている。

これは、腰を据えて真正面から向き合わなくては、と思い、姉には、すぐ返すからと約束して、その日は持ち帰ることにした。

「興味あるの？」

「おおあり」

「やっぱりね。これを見つけたときすぐに、お前に見せてあげようって」

「ありがとう」

「あのコウリには、お母さんが大切にしてきたすべてがしまってあるんだよ。この手帳のことはわたしも知らなかったからびっくりしたけど」

「よく見つかったね」

「ほんとに……」

姉の声がちょっとおかしい。どうも胸に迫るものがあったらしい。

「わたしのことも書いてあってね」

「……」

「出征したオトーサンがわたしのことを、とっても気にかけてくれていたことも……ほんとによく書き留めておいてくれたわ、さすがお母さんね」

ところでこの手帳だが、文具の歴史に詳しい方（日本文具資料館の方）によると、戦時中にそのような手帳は、市販されていないし、鉛筆も輸入品しかなく、一般には入手困難だったとのことで、はげしい空襲と火の海をかいくぐって行李が無事だったことといい、容易には手にすることもできなかった手帳や鉛筆が母の手元にあったことといい、奇跡が重なっていたのである。

さて何はともあれ、五〇年ものあいだ閉ざされたままだった母の手帳を、初めて開いてからさらに四半世紀を経て、あらためて、眼光紙背に徹する覚悟で、じっくり読み解いていくことにしよう。もちろんこの四半世紀のあいだ、ただ手を拱(こまね)いていたわけではなく、記憶の層を一枚一枚ていねいにめくりながら、そこから浮かび上がってくる像を、取材や調査などを通して確かめたりしてきた。

それにしてもこの「戦争」については、未知の部分、隠された部分があまりにも多く、政治・軍事の表向きのことを含めて、ホントのところはほとんどわかっちゃいないんじゃないか、そのために「戦後」も、ぐずぐずぐちゃぐちゃのままつづいているんじゃないか、という実感が、免れ難くある。

それだからこそ、この一臣民（しんみん！ 念のために記しますが、戦争当時の憲法に「国民」はいません。天皇の支配下にある「臣民」しかいません）の実像を、見過ごしてほしくないと思うのである。

目次

第2部　呆然オトーサンと颯爽オトーサン　115

DTP : INTERNAUTS Inc.

第Ⅰ部・母のメモを読む

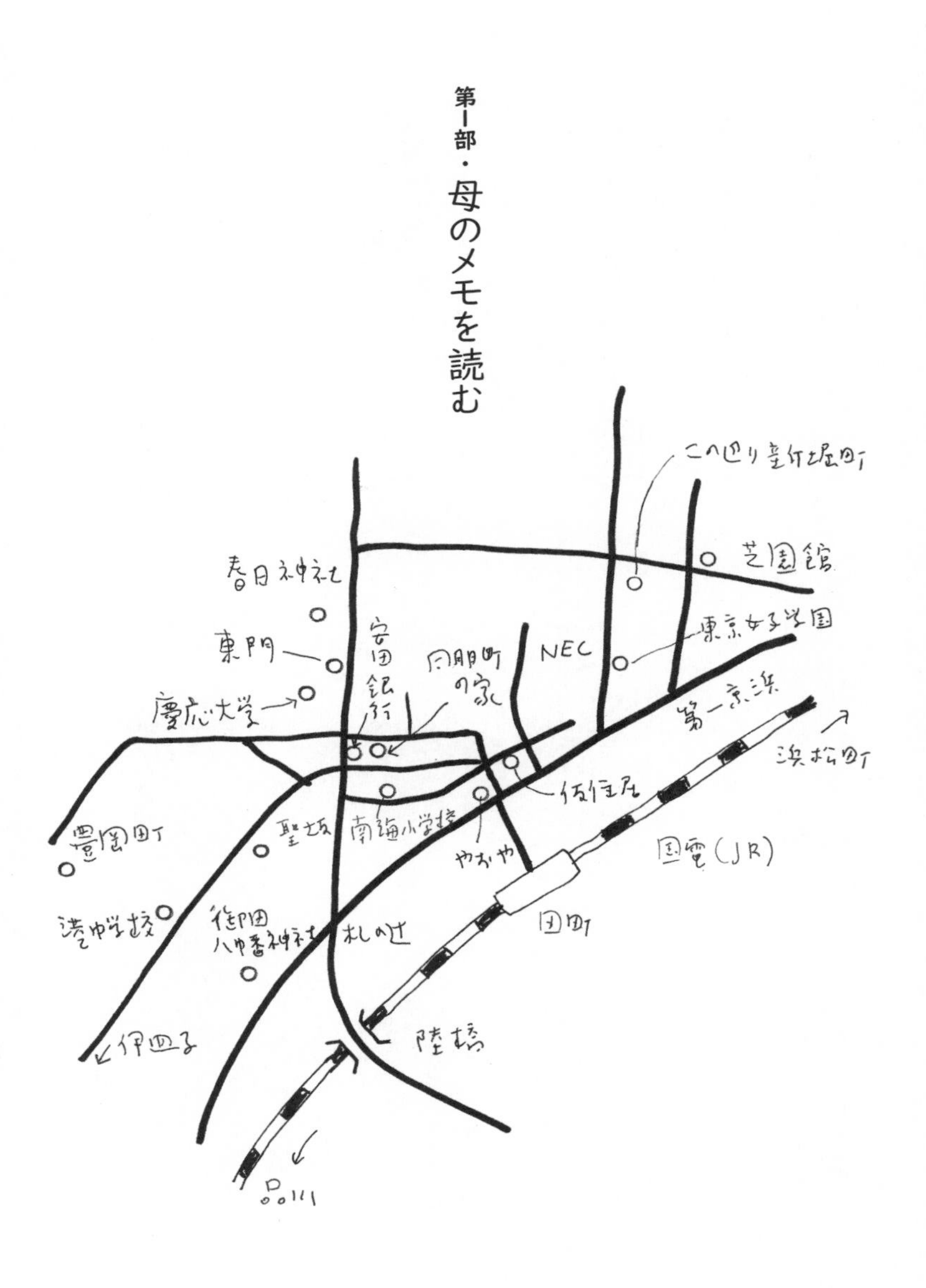
芝園館
春日神社
東京女子学園
東門
安田銀行
同朋町の家
NEC
慶応大学
第一京浜
浜松町
豊岡町
聖坂
南海小学校
やおや
国電（JR）
港中学校
御田八幡神社
札の辻
田町
伊皿子
陸橋
品川

母のメモ　その一　昭和二十年四月七日〜四月九日

昭和廿年　四月七日
七日午後三時半頃　主に召集令状来る。（注1）
ちょうど主るすにして取りあへず信子電報用紙用意さす。（注2）
佐原川崎（注3）へ知らす。
四時半頃　主かへる。
これより我が家の作戦初（ママ）る。

その夜は何の話しもまとまらず、
翌日八日朝五時半頃、主、川崎へ行く
八時頃川崎同伴にて帰宅す。
皆一しょに朝食をすまし、
十一時頃迄色々話しをす。
川崎は午後佐原へ行く。

注1　**主に召集令状来る**
このようなメモを書くことになろうとは思ってもいなかったから、自分の夫のことをどのように記すべきかわからず、ここでは主（おそらく、あるじと読んでいたのだろう）と書いているが、ほかにも「父」と書いたり、「夫」と書いたり、なかなか定まらないでいた。

注2　**信子電報用紙用意**
信子は、長女。オトーサンの出征中、母の片腕として、食糧の調達やら子守りやら獅子奮迅の活躍をした。電報用紙とあるのは、電文を書いて郵便局に依頼するときの「頼信紙（らいしんし）」のこと。升目にカタカナで電文を記入

その夜　小島静男殿来る。(注4)
色々話しをし九時頃かへる。

それより、主の衣類持物のせいりをし、
今は夢とすぎし過去の思出に話しはつきず、
なほ今後の方針に話はまとまらず
いつか時はたち、九日の午前三時となる。
すこし休み四時半起床
あゝ主　出発迄あと廿四時間と思へば、
万感胸にせまりて朝食の仕度をす、

日頃非常用にと保存いたせし
乾そう人参　ハス　コブにて
そまつながら、ちらしをつくり、
白インゲンをにる。
丁度　砂糖配給(注5)ありし故、
あまくして喰す。

した。字数によって代金が決められることもあって、電文には工夫を要した。

注3　**佐原川崎**
佐原は千葉県佐原町（後に佐原市、いまは香取市の一部）で、ここに母の実家があった。川崎は神奈川県川崎市で、母の実弟一家が住んでいた。

注4　**小島静男殿**
オトーサンの義兄。近くの日本電気に勤務していたこともあり、戦後もしばしばわが家に立ち寄っていた。

注5　**砂糖配給**
召集令状がくると、出発前まで食糧の特別配給を受けることができた。普段はなかなか入手できない砂糖やビールなどが入手できたのである。

主、小供共々大よろこびながら朝食すむ。

九時半信子を

信用組合の貯金払いもどしの手つゞきに行く

一百七十円持かへる

それより町会事務所に出征特配の手つゞきに行く、

正午、

佐原より父

中野より前田殿(注6)来る

田町よりも祖父(注7)来り

共々涙のうちに今後の方針をつけ

二時半佐原の父はかへる

前田殿、酒ビールの特配を

金杉迄取りに行って下さる

三時、警察へ応急米を貰ひに行く、

注6 **前田殿**

オトーサンの義弟だが、わがことのように気にかけてくれ、出征に付き添ったり、オトーサンの留守中に空襲があれば母を見舞ったり、信子姉が学童疎開に行くときは見送りに行ってくれるなど、一方ならぬお世話になった。

注7 **祖父**

オトーサンの父のこと。母にとっては子どもたちの目から見たオジイチャンなのである。

七キロ下さった。
主は髪とこへ行き、(注8)
遺髪を持ちかへる。
すぐ、お湯へ出かけしも
湯休みにて仕方なく、
水で身をきよめ春日神社に、
お参りに行き
お札をおむかへしてかへる。

保存して置きし芋
ほんの少々なれど、
油にてから揚げし、
砂糖をまぶし、
主、日頃すきなればあまくして、
小松なのおひたし、
大根おろしにて夕食につく。

注8　**髪とこへ行き**
髪とこは「髪床」のことで、ここでは近くの「山崎理髪店」のことを指す。

丁度川崎佐原よりかへり、
田町より祖父来り、
ここで、お酒を神様に上げて、
酒盛りをなす。
これが一家皆打揃って、
最後の食事かと思ひば、
つきぬ名残の思が、むねにこみ上げ涙のうちにも、
又父目出度出征と思ひ直し笑って食事はすむ。
九時　前田様出征の付そひのため、
とまりがけに来て下さる。
これから酒盛をなし、
話しはつきず、いつか十一時となる。

●メモを読み解く——不惑のオトーサンに召集令状！

召集令状で右往左往

召集令状は郵便で届けられるのではない。役場の担当者（兵事係）がその

人の家へ届けに出向く。役人は「クニ」であるから、否も応も言えない絶対的な力を持つ文書である。しかも届ける役人は「おめでとう」と言いながら渡し、召集されることが、おめでたいことだということも、念を押すようにして認識させた。受け取る側としては「ありがとう」と応じるしかなかったのである。実に不思議な「お祝い」の通知であった。中身はもちろん「お祝い」どころではなく、絶対的な「命令」である。

まず、何はともあれ、そこに記された集合場所（配属される部隊の場所）へ、決められた時間までに、絶対に行かなければならない。

もし行かなかったら、法律的には「三年以下の懲役」をくらうことになっていたが、実際にはそれどころではない。「超」の字のつく「非国民」として周囲から総スカン、家族まるごとたちまち生き地獄（注9）に放り込まれることになる。

召集令状は、これを受け取った時から、命令する「朕（ちん）（＝天皇）」と、従わなければならない「臣民（＝国民）」の関係を、きわめて具体的なものにする命令書でもあった。この紙が当初、真っ赤に染められていたのは、その重みをはっきり伝える意味もあったのだろう。残念ながら母が代理で受け取った赤紙は薄紅色だったようだ。真っ赤に染める染料も枯渇してきていたからだ

注9　**生き地獄**

戦後のある時期、徴兵制復活が懸念されたとき、若者のあいだで、徴兵されたって、拒否すればいいじゃないか、といった反応が多く、驚かされた。徴兵制が敷かれるときは、国家レベルで、いわば戦闘モードがほとんど極限にまで高まっているときであり、マスメディアもその後押しをしているであろうから、それに逆らうことは、極めて困難な状況になっていると考えるべきなのだ。

そうだが、ありうる話ではある。とはいえ、そこに記された文字は墨跡鮮やかな力強い文字で、どうにも抗いようのない、呪術的な力が備わっていたのである。

ちなみにクニが発する文書というのは、そういうものであろう。文字に意志や覚悟がなければ、権威もなにもない、ただのメモになってしまう。召集令状の実例を垣間見て、感じたことである。閑話休題。

ところで当人が不在の場合、家族が受け取ることになっていたから、母は、無言で受領証に名前を記し、ハンコを押したが、それと同時に、これまでの生活が音を立てて崩れ、そこから巨大な妖怪がオトーサンを引っ張っていくのを見た。一気に戦場が具体的に、しかも身近に迫ってきたのである。

それにしてもこのときオトーサンは、間もなく満四一歳、まさに中年にさしかかっていたわけで、軍隊に入ろうものなら、クソジジイ扱いされる年齢[注10]だった。召集令状が手渡されるとは、晴天の霹靂、まさかまさかの展開だった。

後に母が繰り返し話してくれたことによると、そのときオトーサンは釣りに出かけていた。ひと月ほど前の三月一〇日未明[注11]には、下町が言語を絶する大空襲を受け、焼夷弾で焼き払われ、一夜にして一〇万人にも及ぶ住民がその犠牲になっている。もちろん正確な情報は得られなかっただろうが、人か

注10 **クソジジイ扱いされる年齢**

つい前々年（一九四三年）まで、徴兵されるのは四〇歳までだったが、戦況逼迫を受けて「兵役法」が変わり、四五歳にまで引き上げられたばかり。まさに老兵ではあるが、逆にボロボロになるまで使われた挙句、どうくたばろうと知ったことではないといった扱いを受ける可能性が濃厚だった。オトーサンにもその覚悟がなかったとはいえない。しかし「オレハクタバラナイ」と決意したのだった。

ら人へとその悲惨な状況は伝えられていた。父はなにも知らなかったのだろうか。あるいは、もうすでに何が起きても、感情が浮き沈みしないようになっていたのだろうか。どんな空襲があるか予測しがたいこんなときに海へ出ることを、危ないとは思わなかったのだろうか。

母曰く「ほんとにアトサキを考えないひとだから」

まあ妙に達観したりじたばた騒がないところもあった人だから、わざと、そう、危ないのを承知で、のんびりを装ったのかもしれない。当人はそんなことを意識していたかどうかはしらないが、世の中の大きな動きに対して無関心を装う、ちいさな反逆を企てていたのかもしれない。いま、こんなことを書いていて、なるほどわがオトーサンならそんなこともあったのだろうと、何の根拠もなく思ってしまう。血を受け継いだ、子としての直感なのかもしれない。

それにしても、母もよくゆるしたものだな、と思う、それどころか、こんな話もつづけて聞かせてくれた。釣りから帰ってきたときのことである。

「オトーサン、なに、そのくろい顔！」

「イカにスミかけられちゃってさ」

「うそばっかり。それよりもオトーサン、そんな冗談言ってる場合じゃない

注11　**三月一〇日未明**
三月一〇日未明から、主として東京の下町を地獄の炎でつつんだ、B29からの焼夷弾による無差別大空襲。たくさんの町と一〇万人もの人々を焼き亡ぼした。この情報は被害を極力抑えて知らされたが、とんでもない事態が起きたことは口コミであっという間に広がっていった。母も情報通の人から、今後の避難に役立つような情報を入手していた。子どもを守るために必死だったのだ。

のよ」

「なにか？」

「きたのよ、きちゃったのよ」

「なにが？」

「アカガミよ、あかがみ！」

「まさか」

「オトーサンが釣りに行ってるスキをねらってたのかしら」

とまあ冗談はそこまで。

赤紙、つまり召集令状を手に、ふたりとも黙りこくってしまった。

こんなオトーサンにまで召集がかかるということは、戦況が相当厳しくなってきたことを容易に想像させ、さらにいえば、生死を分かつ裂けめが、大きく口を開けて一気に近づいてきたことを感じさせた。だからといって、何をどうすればいいのか、さすがの母も皆目見当がつかない。

家業はやおやだが、売る野菜とてほとんど手に入らない食糧難時代のこと、暇とはいえ、なんとまあのんきなオトーサンであることか。母も母で、しゃかりきに生きてきたひとだけど、どこかのんきで、楽観的で、冗談が好きで、とぼけた夫婦ではあったのだが。

それでも母は、なにはともあれ、まずは親類縁者の、頼りになりそうなところから声をかけることにして、すぐに冷静さを取り戻し、持ち前の軽口をたたくようになっていた。

――さあ、作戦会議だ！　と。

オトーサンの決意――オレはクタバラナイ

作戦会議と言ったって、今は当のオトーサンしかいない。

「オトーサン、なにか言ってくださいよ」

「うむ……」

「さあ……」

「もうハラは決めたよ」

「勝手に決めないでくださいよ」

「行くのはおれだから、おれが決めた」

「あらまあ」

「冗談抜きで、おれは決めた」

「何を決めたんですか」

「オレは、かんたんにはクタバラナイって」

「えらい！　さすが！」

「たとえイオウトウに行ったとしても、おれはクタバラナイ」

とんでもないことを言い出したオトーサン。

自分はクタバラナイって、皇軍兵士になる以上、天皇のためクニのため、命を捧げる覚悟がなくちゃあいけないはず。しかも本土攻撃の拠点になると目されていた「硫黄島」がアメリカ軍の手に落ちて間もないいま、「イオウトウ」は禁句であり、オトーサンの召集令状と結び付けてはならなかったはずである。「イオウトウ」の「玉砕」に、たとえ大本営がどのように言い繕おうと、日本人の多くが文字通り愕然としたのであるから。

イオウトウ＝硫黄島の玉砕は、母にとっても相当衝撃的なことだったようで、戦後になってからも、ことあるごとにその名を繰り返し、子どもだったぼくの記憶に深く刻み込まれた。

硫黄島は南海の小さな孤島だったが、東京からわずか（というべき）千数百キロに位置していて、東京・那覇間よりも近く、戦闘爆撃機がゆうに往復できる距離にあったから、戦略的に大きな意味を持っていた。ここをアメリカ軍に奪われることは、東京上空を明け渡すことに等しい。だから、攻め落とそうとするアメリカ軍も必死なら、日本軍も文字通り死守しなければならず、激戦となった。

アメリカ軍が硫黄島に近づいた時から、新聞は連日、その攻守のようすを報じた。もちろん戦時情報の統括本部たる「大本営発表」に基づく記事である。たとえば、次のような見出しや記事を拾うことができる（朝日新聞縮刷版一九四五年　月日は新聞の日付）。

二月一六日　硫黄島に艦砲射撃　硫黄島上陸を企図か
二月二一日　硫黄島へ敵上陸開始
三月一日　硫黄島血戦刻々苛烈化す、我精鋭二千六百殺傷
三月七日　逐次（敵は）我陣内深く（へ）侵入
三月一二日　精鋭二千斬込み（玉名山）
三月一七日　天山、遂に敵手に帰す、玉名山突進部隊殆ど戦死
三月二二日　硫黄島遂に敵手へ——最高指揮官陣頭に壮烈全員総攻撃、
　　　　　　敢闘一か月一七日夜半通信途絶

ここで「通信途絶」ということは「玉砕」したことを意味していた。

ちなみに、作家・永井荷風さんは『断腸亭日乗（下）』（岩波文庫）の三月二一日の項に、「数日来世情全く一変せり」と記している。それまで硫黄島のいの字にも触れていないのだから、「戦局」がどうのというのでなく、町の

雰囲気が大きく変わっていった、その実感を書き留めたのだろう。硫黄島の陥落はそれほどヤバい情報だった。

遺髪を用意したり神社へお参りに行ったり

突然の出征だから、出発前のあわただしいこと！ ココロココニアラズの支度が、それでもなんとか進んで、出征前の「儀式」をクリアしながら、オトーサンは次第に孤独になっていく。母としても、そのことはいかんともしがたい。なんとかしてあげたいのだけれど、征くのはオトーサンひとり。

死に向かうのはオトーサンひとりなのだから。(注12)

「髪とこ」と母がメモした床屋へも行き、大切な儀式を執り行った。

場所は慶應大学東門坂下の「山崎理髪店(注13)」である

「おじさん、赤紙がきたんでね、きっぱり短く刈ってよ」

「……」

「おじさん、どうしたんだい」

「いや、どうもこうもないですよ、そうですか、きましたか」

「そういうわけよ」

「よし、じゃあ、これまでよりずっとオトコ前が上がるように刈りましょう」

注12　**オトーサンひとり**
このときのオトーサンの心境に思いを馳せるとき、水木しげるさんの長編マンガ『総員玉砕せよ！』（講談社文庫）のひとコマがイメージとして重なってくる。そのコマで水木さんは、無謀な突撃で斃れた兵士に呟かせている――「ああ、みんなこんな気持ちで死んで行ったんだなあ。誰に見られることもなく、誰に語ることもできず……ただわすれ去られるだけ……」

注13　**山崎理髪店**
慶應大学三田校舎の東門坂下にあった小さな床屋さん。ぼくも高校生になるころからここに通って、ベテランで無口なご主人に切ってもらった。母のメモを見て、びっくりしたこと、胸に迫ったことのひとつに、オトーサンが出征直前に、あの床屋さんのあの回転椅子で遺髪を切ってもらったという、このシーンがある。

「いまさらオトコ前を上げてもねぇ」

「いや、そんなことを言っちゃあだめですよ。オトコを上げるんでしょ」

「おじさん、相変わらずうまいこと言うなぁ。オトコ前じゃあなくて、オトコを上げるんだ」

「その上がった分をちゃんと取っときましょう」

「なんだい、取っとくって」

「遺髪ですよ、イ、ハ、ツ！」

「いはつ？」

「形見ですからね。忘れちゃあだめですよ、怒られますぜ」

「だれに怒られるんだね」

「おクニにも、覚悟が足りないって怒られるし（注14）、奥さんにも遺してあげなくちゃ」

「わかった、わかった、オトコも遺髪も、しっかり頼みますよ」

床屋の親父さんもオトーサンも無言のうちに、儀式は進む。

かくして髪をさっぱりさせ、和紙にくるんだ遺髪を受け取り、家に帰ったオトーサン、母に言われるまでもなく、近くの三田春日神社（注15）に最後のお参りをすべく、身を浄めようと銭湯へ行ったら、これがお休み――銭湯は、燃料

注14　**覚悟が足りないって**
皇軍の兵士になるからには、絶対に憶えておかなければならない「おしえ」のひとつに、『戦陣訓』があった。その一節に「常に身辺を整えて死後を清くするの嗜（たしなみ）を肝要とす。屍を戦野に曝（さら）すは固（もと）より軍人の覚悟なり。縦（たと）ひ遺骨の還らざる（遺骨が戻ってこない）ことあるも、敢て意とせざる様、豫（かね）て家人に含め置くべし」とあった。遺髪ぐらい用意しておけよ、と言われているようなものである。

注15　**三田春日神社**
今も慶應大学三田校舎東門の隣にある、長い歴史を持つ神社。ぼくはものごころついた頃から、御田八幡神社と縁が深くなっていたので、春日神社にはあまり親しみを感じていなくて、そのぶん、簡単には近寄れない存在に思えていた。

不足の折から、しょっちゅうお休み。それに、湯船のお湯を入れ替えて熱くする余裕もないから、とてもじゃないけど、お浄めにはふさわしくなかっただろう。

当時は医学生で後に著名な作家になった山田風太郎さんの調べによると、その頃の銭湯の湯船は雑菌だらけで、ほとんどドブのような状態だったとのこと。ぼくが知っている限りでも、戦後しばらくの間は、銭湯の湯船の底が見えたためしはなかった。濁っていたのである。

幸か不幸かそのような銭湯も休みだったので、オトーサンは、ちょっと冷たかったけど水浴びをしてから、ようやく春日神社へ。通りから石段をのぼって社殿の前に立ったオトーサン、けんめいに！　お参りをしてお札をいただき、死地に赴く前の孤独な儀式は、ようやく一段落した。

この頃の神社の持つ意味は、今とは比較にならないほど大きい。天皇を頂点に戴いた「神の国」ニッポンの出張所のような、いや、もっと「神の国」の出入り口のような、大きな存在だった。

最後の夕食は砂糖をまぶした芋のから揚げ

最後の夕食は砂糖（実は人工甘味料）をまぶした芋のから揚げがメイン。オトーサンは甘いものが好物だったから、これはたいへんなごちそうだったのだ。戦地ではどんなものが食べられるか、その食糧事情(注16)はシークレットで、まったく伝わってこなかったけれど、内地でもこうなんだから、という想像はじゅうぶんできた。

「うむ、これはおいしい。甘い芋だな」

「もっとあればいいんですけどね」

「食いだめができればいいのにな」

「食いだめしてくださいよ」

「よくこんなに甘くできたな」

「オトーサンが出征するんで、砂糖の特別配給があったんですよ」

「出征すれば砂糖が手に入るのか」

実際、この頃には砂糖の配給もほとんどストップしていて、普通には入手できなくなっていた。それに砂糖を原料としたブタノールを、航空燃料として用いることもあって、とてもじゃないが、庶民に甘いものをまわす余裕など、まったくなくなっていたのだ。

折しも川崎のおじさんが、母の実家がある千葉県の佐原から戻ってきて、それとほぼ時を同じくして、オトーサンの父親、つまりオジイチャンがやっ

注16　**食糧事情**
戦地では、食糧が十分でなく、戦況が厳しくなるとともに、補給路も絶たれ、現地調達も思うに任せず、餓死に追いやられる兵士も少なくなかった。特に、敵に囲まれやすい山地や孤島では、食糧問題は深刻だった。

てきていた。

　母は「祖父」と記している。本来は義父なのだが、義母をどうしても「おかあさん」とは言いたくない事情があって、「おとうさん」というべきところを、あくまでも子どもたちと同じように「オジイチャン」と呼んでいたので、ここでも「祖父」と記している。複雑な母の心境がそのままこの表現に出ているのだが、まあ何はともあれ、この面々で、お酒を神棚に上げて、お祈りをしてから酒盛りとなった。

　母のメモには――これが一家皆打揃って、最後の食事かと思えば、つきぬ名残の思（い）が、むね（胸）にこみ上げ涙のうちにも、又父目出度（めでたく！）出征と思い直し笑って食事はすむ――とある。

　つらいところだ。もしかしたら今生（こんじょう）の別れなのに、わざわざ「めでたい」と記さなければならなかった母の心情を思う。

　めでたい？　そんなことは露ほども思っていないのだ。これは、メモを熟読すればすぐに察することができる、単純明快な推理なのだ。

　夜遅くなって、出征の付き添いのため、前田さん（父の義弟）が泊まりに来る。ここはなんとしても酒盛りだ。どんな思いであれ、酒盛りだ。お祝いでないことだけは確かなのだが。

酒盛りなど、ふだんはできるはずがない。この非常時に！　という周囲の目もあるが、だいいち酒など手に入らない。しかしここでも「出征」の一言で、特別配給を受けられたのである。ビールも用意されていたというからそこそこ豪勢ではある。「出征」は当時としては、まさに打ち出の小槌でもあったのだ。実際には、そんな小槌など欲しくはなかっただろうが。

母は、もともと涙もろいひとでもあって、酒盛りが進めば進むほど、ふっと胸に迫るものがあって、涙があふれてしまう。それでも「出征」はおクニのために身を捧げることができる「めでたい」ことなのだと、言い聞かせて、気を取り直そうとするのだが、死を覚悟して戦地に行く「出征」が、たとえおクニのためとはいえ、なぜ「めでたい」ことなのか。身近なこととしてわが身に迫ってくると、ほんとうのところはまったく理解できないから、どうにも身の置き所がなくなっていくのだった。

そんな母を責めるようなひとは、そこには誰もいなかった。

誰ひとり、「めでたい」とは思っていなかったのである。

子ども六人を抱えた家族の、まがりなりにも大黒柱がいなくなり、命のキワに追い込まれるのである。どんな理屈をつけようとも、めでたいはずがなかったのである。

母のメモ　その2　昭和二十年四月九日〜四月十日

四月九日

主、前田様、しんにつく、

自分は、これからかばんの中のせいりをし

出征に、忘れ物のなきやう、色々方づけ、

いつか、十日午前二時となる。

四月十日

すぐ朝食の仕度にかかる

大根おろしの三ばい

鮭のかんづめ（梅ぼし）

やきのり

ほうれんそうのおひたし

ネギの味噌汁

三時に皆起床
三十分すぎ　田町より祖父来て下さる。
これより目出度　出征のぜんにつく
感無量のうちに食事は終る

四時十五分
いよ〳〵出發
秋元様(注1)より、おぢさんとおばさん二人
見送りにきて下さった。
しと〳〵雨の降る、やみ夜の中を、
祖父のカンテラ(注2)の光を便り(ママ)に
田町駅へと急ひだ
こゝで見送りの皆様とお別れして、
自分丈はホームの中迄入り
電車の来るのを、廿分位も待つて居る
いよ〳〵電車の音がきこへて来た時、
つきぬ名残をおしみつゝ、

注1　**秋元様**
秋元様は、慶應大学東門前の通りに店舗を構えていた、眼鏡屋さんご主人夫婦のこと。自宅がわが家の隣にあり、何くれとなくお世話になっていた。オトーサン不在でたくさんの子どもを抱えた母にとっては、頼みとする最強のツナだった。因みに眼鏡屋さんというのは眼科医的な要素に加えて、レンズ光学に詳しい技術者でもあった。知的レベルの高いお隣さんだったのである。ちなみにぼくが中学三年生になり初めて眼鏡をかけるとき、当然のようにこの秋元眼鏡店を頼った。

注2　**カンテラ**
手でぶら下げることのできるブリキ缶の、中心部にろうそくを立て、ガラス張りになった面から光を投げかける簡易照明具。闇夜の足元を照らす、提灯のようなものである。

父は茂夫に、別れを告ぐ
前田様と二人で茂夫に
ハイチャイ〱と、笑って云ふ。

最後に自分は、
必ず元気で帰るやう、
お願ひいたせば、
父は、力強くウムといってくれた。

その時、
電車の戸はしまってしまった。
目出度　出征の途についた。
茂夫はあとを、おって
父チャン〱と
電車が見えなくなっても、よんで居た。

いつまでも〱

そこに立って居たが、
田町の祖父母の許へと急ぎ
こゝで六時頃迄話してしまった。
家にかへると信子が元氣で待って居た。
秋元様の奥さんが、
今迄　信子が淋しいだらうと、
来て下さって居たそうだ
ほんとうに、有りがたく感じた。

坂田様とローソクヤの小林様が五時頃、
来て下さったそうです。
それから朝食をすませ
七時頃から一時間ばかり、
ふとんに入ったが別にねむれもせず
置(ママ)き出して見ても
何も手につかず、二度、
祖父母のもとに、

相談にゆき十時頃かへる

午後は前田様のかへりを待ちつゝ
何といふことなく五時頃夕食をすます
ほんとうに淋しい夕食であった。

七時半頃
前田様、おかへりになる。
まづ元氣で入隊との事、
一先づ安心いたし、
これから祖父と酒盛りして、
九時頃迄色々話しをいたした
雨は、はげしく降り出して来た中を
前田様おかへりになる。
あと片づけをして十時頃やすむ。
父のるすの第一夜
何といふ淋しかったことか

●メモを読み解く――必ず元気で帰るやう！

出征の膳ならではのメニュー

朝、まだ暗いうちから起き出して食事の支度をする母。さすがのメニューというべきか。素材は非常用にと、食品が決定的に不足するなかで工夫を重ねて取っておいたものばかり。戦地ではまずありえない「母の味」がずらっと膳に並んだ。もちろんすべてオトーサンの好物であり、母が得意とするところだった。

・大根おろしの三ばい
・鮭のかんづめと梅ぼし
・やきのり
・ほうれんそうのおひたし
・ネギの味噌汁

大根おろしの三ばいとあるのは、大根おろしに三杯酢をかけたもの。実際には砂糖の代用品と醤油、酢による三杯酢だが、大根おろしは、どんなメニユーにも合う万能副食のひとつだった。

鮭の缶詰はオトーサンの好物。戦時中の貴重なたんぱく源でもあり、独特の塩味があって、非常食としては絶好の食品だった。

焼きのりもオトーサンの好物だったが、ほうれんそうのおひたしが、なによりのご馳走だっただろう。緑黄色野菜の不足[注3]が深刻になっていた時代のほうれんそうである。母がこころを込めて茹で、おひたしにして食卓に出した。

今では至極当たり前のことなので、うっかりするとスルーしてしまいかねないが、ネギの味噌汁も大きな意味を持っている。味噌は塩分[注4]はもちろん、各種栄養素を含む発酵食品で、これにネギなどを入れた味噌汁[注5]は、絶妙の栄養食なのである。戦地ではもちろん外国ではめったに味わえない料理だったのだ。

試しにこのメモに記された献立を膳ならぬテーブルに並べて食事してみると、栄養バランスもさることながら、見た目も味のバランスもよく、なによりも、おいしい。大根やほうれんそうは、現代のものよりも味が濃いかもしれないし、いずれにせよ、出征直前のオトーサンにとって、深く記憶に刻みこまれる膳だったにちがいない。

注3 **緑黄色野菜の不足**
野菜の不足はすぐにからだの不調を引き起こす。むくみだったり皮膚病だったり、テキメンだから、母は子どもたちのために、なんとか調達しなければならなかった。しかし、その決定的な不足という現実に直面し、表には出せない悲しみに明け暮れていたことが、このメモの端々からもうかがえる。

注4 **塩分**
この時代、塩分も不足がちだった。戦地では、大岡昇平さんが『野火』(新潮文庫)で書いているように、超の字がつくほどの貴重品で、飢えたからだが求めてやまなかった。

注5 **味噌汁**
母は、味噌汁をとても大切にしていて、よく話してくれたのは、一九五二年のヘルシンキオリンピックの実況中継を担当していたNHKの和田

雨が降る闇夜の中をカンテラ下げて駅へ

まだ夜明け前、しかも折あしく雨がしとしと降っている中を、オジイチャンが先頭に立ち、カンテラを下げて、黙々と歩く。

カンテラのゆらゆら揺れる光は、まるで死出の道を照らすようでもあり、自分の長男をこうして導いてゆくオジイチャンの気持ちは、どんなに装っても、哀しみから逃れられなかっただろうと……

ちなみにこのカンテラはずっと棄てられることもなくしまってあった。ぼくが見つけたときはもちろん御用済みで、なぜそんなものが棄てられずにあったのか、ちょっと不思議な感じがしたが、もしかしたらオジイチャンにとってもオトーサンにとっても、もちろん母にとってもぎりぎり追い込まれたときの感覚を思いださせる、棄てられない一品だったのかもしれない。

隣の秋元さんご夫妻も一緒だから、おとなが総勢六人で、べつに急ぎ足でもなく、というかむしろのんびりと歩を進める一行だった。始発まではまだじゅうぶん時間があるし、普通に歩けば一〇分たらずの距離を、できるだけゆっくりと歩くのである。少しでも出征の時を遅らせようとするかの如く。

駅について、中へ入っていこうとするオトーサンや母たち。

見送るオジイチャンは、別れの言葉が出てこなかった。

信賢アナウンサーが、その帰路、パリで客死したとき、「さいごに味噌汁が飲みたいと言いながら亡くなったんだって」という話だった。その話をするときいつも涙をこぼしていたのは、戦時中の自分たちのことや戦地で亡くなった人たちのことを思ってのことだったのだろう。

ぼそっと、じゃあな、と言うのが精いっぱい。

オトーサンのほうも普段からオジイチャンと口を交わす方ではなかったので、頷くだけ。

秋元夫妻は泣くまいとこらえているようで、オトーサンは、留守家族をよろしくお願いしますと、たぶんこんなことは初めての、丁重なお願いとお別れの挨拶をした。未練を振り払うように、オトーサンと付き添いの前田さんと母が、ときどき後ろを振り返って手を振りながら、改札口からホームに行く階段をのぼった。

母はすでにココロココニアラズ状態で、オジイチャンや秋元夫妻にどんな挨拶をしたかもまったく忘れて、ただひたすらオトーサンに寄り添っていた。

別れのホーム

待つことしばし。やがて電車が入って来て、別れのホームのシーンである。

出征の電車って、周囲にバンザイバンザイがあるものだと思っていたが、こんなさびしげな、しかしそれゆえにしんみりした、こころのこもった別れのシーンもあったのだ。

それともこの頃には、出征がお祝いと同義の目出度いことだなんて、誰も思っちゃいなかったのだろうか。べつに不人情ということではなくて、リアルな死出の旅立ちであって、バンザイバンザイなんてできるかって気分もあったんじゃないだろうか。それに周囲の人たちにしてみれば、わが身わが家族を守ることに精一杯で、ご近所さんのことなど構っていられなかったという事情もあっただろう。

しかし母には、それでよかったのである。

そのようなバンザイバンザイなんていらなかった。胸に迫ってくるものと向き合っているだけでくたくたになっているこんなときに、バンザイバンザイなどと大騒ぎするなんて、とんでもなかったのである。

＊参考――バンザイバンザイって

出征にはバンザイバンザイがつきものだったようだが、そこにはけっこう大きな意味があったはずだ。

調べてみると、公的な場で初めて両手を挙げて「バンザイバンザイ」と叫んだのは、明治二二年（一八八九年）二月に行われた大日本帝国憲法発布式典の際の「天皇陛下バンザイ」だったということなのだが、大日本帝国憲法の第一条に「大日本帝国は、万世一系の天皇之を統治す」とあるのだから、「天皇陛下バンザイ」は「大日本帝国バンザイ」と同義であり、出征兵士に対する「○○くんバンザイ」も、戦地に赴く○○くんの、一切の逡巡や、未練、躊躇を断ち切り、命を投げ捨ててでも天皇陛下を守るよう、励まし送り出す唱和でもあった。

ところで、俳優で芸能研究者でもあった小沢昭一さんは、日中戦争が始まってからの出征の光景を、記憶から蘇らせ次のように書きつけている（『わたし史発掘　戦争を知っている子供たち』岩波現代文庫）。

近所から出征兵士が出て行く時のことで――

「女塚神社の社頭に拝殿を背にして出征兵士が立ち、町会の役員、在郷軍人会、国防婦人会、愛国婦人会、青年団、そして出征兵士の家族や町のひとびとが、日の丸の小旗をもってズラッと参道に並び、壮行の式を行なうという日が、次第に多くなって行った……神社での式が終ると、ブラスバンドを先頭にゾロゾロ長い列を作って、軍歌を唄いながら駅まで送り、ホームの外の柵に旗をふりながらみんなで並んで、電車の窓から首を出した出征兵士をバンザイバンザイで見送った」――と。

映画では、若松孝二監督が『キャタピラー』（二〇一〇）で、このような出征のシーンを繰り返し描き出しているのが印象的である。こちらは農村からの出征であり、周囲の祝福とヨロコビをストレートに映像化していた。

必ず元気で帰るやう！

母は、最後にオトーサンにキッパリと言う——必ず元気で帰るやう！　と。

これだけは言っておこうとこころに決めていたのだと思う。

しかし、出征し、戦地へ向かう男に、これは禁句であった。

おクニのために立派に戦って、とか、むしろ死を覚悟して行く(注６)ように励まさなければいけなかった。しかし実際には、ごく自然に出てくるこのような別れの言葉を、どこまで禁じえたか疑問である。

またオトーサンの返事の「ウム」もダメとされていた。「行ってきます」は、帰って来ることを前提にしているから許されず、「行きます」としか言えなかったというのだが、これも果たして現実はどうだったのだろうか。

ホームでの別れの光景から、すぐに思い出す流行歌がある。戦後に二葉あき子さんが歌って大ヒットした「夜のプラットホーム」である。軍歌をついに作らなかったという、服部良一作曲のこの歌は、実は一九三九年に作られ淡谷のり子が歌ったのだが、戦地に向かう男に向かって「君、いつ帰る……」と訴えかけるような歌詞もあって、出征兵士を見送るのにふさわしくなかった。

注６　**死を覚悟して**
この時代、ほぼすべての国民が暗唱させられた『教育勅語』には、「一旦緩急あれば義勇公に奉じ、以て天壌無窮の皇運を扶翼すべし」という重大な一節がある。一九四一年以降の『初等科修身』教科書では、いざとなったときは「勇気をふるひおこして、命をささげ、君國のためにつくさなければなりません」と解釈している。
また『戦陣訓』には、「命令一下欣然として死地に投じ、黙々として献身服行の実を挙ぐるもの、実に我が軍人精神の精華なり」と明記してあった。

ない歌だと発禁処分にされていた。

オトーサンと母の別れの会話は、まさに発禁ものだったのである。ちなみにこの歌は今でもぼくはよく聞いている。もの悲しくていい歌なのだ。

茂夫は後を追って、父チャン、父チャン！　と

このとき茂夫（筆者）、満二歳と一か月。一九四三年三月生まれ、戦局がいよいよ逼迫してきた最中の誕生であった。

その年二月には、死と背中合わせで戦う覚悟をさらに強力に訴えるスローガン「撃ちてし止まむ」が声高に叫ばれ、三月一〇日の陸軍記念日には、有楽町駅前、今のマリオンが建っているあたりにあった娯楽の殿堂「日劇」(注7)の壁面いっぱいに、特大スケールのポスター(注8)が貼られるなど、オトーサンにとっては、すぐ耳元で、わかったか、おい！　などと、がんがん叫ばれているようなものだった。

敵を撃って、そして死ね！　死ぬのは敵を斃してからだ！

ポスターのビジュアルは、戦士が敵に向かって手榴弾を投げている写真で、いかにもそのまま死を賭して突撃していきそうな、勇ましい雰囲気を醸し出していた。

注7　**日劇**

有楽町駅前、つまり銀座への玄関口にあった、立ち見も入れれば最大四〇〇〇人の観客を収容できた大劇場。歌謡ショー、ダンス、映画など、さまざまなジャンルのエンターテインメントが繰り広げられた。一九四一年の紀元節には中国の大スター李香蘭（実は、日本人・山口淑子）が歌謡ショーを開き、熱狂的ファンが日劇を七周り半する行列をつくって入場券を求めたという伝説を残した。ちなみに、この伝説の山口淑子さんについては忘れがたい思い出がある。一九七五年十月、唐十郎さんの状況劇場が東京湾・夢の島で紅テント公演を打った時、ぼくは若松孝二さんの指示で、一番前、山口淑子さんの隣に座った。折からの雨で、テント内にも泥水がじわじわ流れ込む中、この伝説的美女を守らなくてはと、いろいろ気を使ったのだが、さすがに幾多の修羅場をくぐり抜けてきた

ちなみにこのスローガンの意味を、撃って出て敵を倒せ、と単純化して理解しようとしているムキも今では少なくないが、そんなアマいものではなく、どちらかというと、命に代えてでも、という特攻精神を訴えていると読むべきだ。実際、この頃には特攻隊構想も着々と練られていて、一九四四年一〇月には「神風特攻隊」がついに敵艦に突入し始め、その後も続々と死を賭した攻撃は行われていったのである。このスローガンやポスターの写真が意味するところを、もっと真摯に受け止めないと、戦争の実際がどんどん見えなくなっていくだろう。

さてこのスローガンが掲げられて間もない四月には、連合艦隊司令長官・山本五十六大将がニューギニア上空で戦死した。搭乗機が敵機に撃墜されたのだ。今では大将の動向がアメリカ軍に筒抜けになっていたということが明らかになっている。狙い撃ちだったのだが、これは相当衝撃的な情報だった。どんな戦いでも、大将が討たれることは、敗北を予感させるできごとであり、いよいよクニは追い詰められていったのである。

翌五月には、北方のアリューシャン列島の一角に位置するアッツ島の守備隊が全滅。このときから死を賭した戦いに対して、命が玉となって砕け散ることを意味する「玉砕」という美辞が用いられるようになった。

人だけあって、泥水なんてまるで（!）気にしていなかった。革命運動に関わるような人たちとも親しむことができた芯の強さは、まったく半端じゃなかったのである。

注８　**特大スケールのポスター**

タタミ一〇〇畳大のポスターだったということだから、およそ九メートル×一八メートルほどの大きさだったということになる。迫力十分だっただろう。

そして一〇月二一日、明治神宮外苑競技場で、第一回学徒出陣壮行会(注9)が雨の中、行われた。それまで兵役を免除されていた学生たちにも召集がかかり、文字通り、あとさき顧みぬ国家総動員体制になったわけで、年齢の上限も引き上げられ、オトーサンのような四〇歳すぎも召集対象となったのである。

そういう時代に生まれた男の子である。その命へのいとおしさはいや増しに増していったのだろう。茂夫のほうも乳幼児とはいえ、そんなオトーサンの気持ちが伝わらないはずはない。周囲からオトーサンっ子と言われるようになっていたのも、当然の流れだったし、出征でオトーサンが離れてゆくとき、父チャン！　父チャン！　と繰り返し叫んだというのも、無理のないことだったのだ。

＊参考――学徒出陣壮行会での「檄」と「海行かば」

戦局の厳しさに対応する手段の一つとして、国は、二六歳までの大学生に認められていた徴兵猶予を文科系学生については停止し、二〇歳以上の学生を兵として動員することにした。国は将来への知の蓄積を放棄し、なりふり構わず戦力を求めたのである。見送る女子学生を含めて七万余の学生に向かい、東條英機首相は叫んだ――

注9　**第一回学徒出陣壮行会**
兵役を猶予されていた学生たちも召集されることになり、雨の降る神宮外苑競技場（今の国立競技場）で「学徒出陣壮行会」が催された。肩には三八式の銃をかつぎ、脚にはゲートルを巻いた制服姿の学生たちは、「もとより生還を期せず」（学生代表の答辞より）と、死の覚悟を決めて戦地へ出向いて行ったのである。

注10　**皇運を扶翼し**
このフレーズは、学生たちが子どもの時から暗唱させられていた『教育勅語』の重要な一節「一旦緩急アレハ義勇公ニ奉シ以テ天壌無窮ノ皇運ヲ扶翼スヘシ」に含まれたフレーズで、比喩的に言えば、一人ひとりの血肉となっていたことばであり、まさにその日がきたのだ、と東條首相は叫んだのである。

注11　**悠久の大義**
これだけでは、曖昧模糊としたところ

「若き諸君は今日まで皇国未曾有の一大試練期に直面しながら、なおいまだ、学窓（学校）に止まり、鬱勃（うつぼつ）たる報国挺身の決意躍動して抑え難きものがあったことと存ずるのである。しかるに、今や皇国三千年来の国運の決する極めて重大なる時局に直面し、緊迫せる内外の情勢は一日半日を忽（ゆるが）せにすることを許さないのである。

一億同胞が悉（ことごと）く戦闘配置につき、従来の行掛りを捨て、身を挺して各々その全力を尽くし、以て国難を克服すべき総力決戦の時期が正に到来したのである。御国の若人たる諸君が勇躍学窓より、征途に就き、祖先の遺風を昂揚し仇なす敵を撃滅し皇運を扶翼（ふよく）（＝助け）[注10]し奉る日は来たのである……申すまでもなく、諸君のその燃え上がる魂、その若き肉体、その清新なる血潮総てこれ、御国の大御宝なのである。この一切を大君の御為に捧げ奉るは皇国に生を享（う）けたる諸君の進むべきただひとつの途である。諸君が悠久の大義[注11]に生きる唯一の道なのである。諸君の門出の尊厳なる所以は、実にここに存するのである」

そして最後に学生たちは「海行かば」[注12]を歌う。

海行かば水漬く屍（みづくかばね）／山行かば草生す屍（くさむすかばね）／大君の辺（おおきみのへ）にこそ死なめ／かえり見はせじ……と。

のある表現だが、戦時中に軍人に叩き込まれた『戦陣訓』に書かれているので、その箇所を引用する（傍点は筆者）。「第七　死生観　死生を貫くものは崇高なる献身奉公の精神なり。生死を超越し一意任務の完遂に邁進すべし。身心一切の力を尽くし、従容として悠久の大義に生くることを悦びとすべし」ここで、献身奉公が、天皇に対するものであることであり、悠久の大義に生きるとは、まさしくそのことを指していると読める。

注12　**海行かば**　もともとは万葉集巻一八に納められている大伴家持の長歌の一部だが、ほとんど国歌同様の位置づけで歌われてきた。大君が天皇であることはいうまでもない。そのことに悔いはない、天皇のために命を捧げ、そのことに悔いはない、といった歌だが、哀切なメロディが、さらにその意義を高めているようである。

母のメモ　その3　昭和二十年四月十一日～四月二十日

四月十一日

翌朝　十一日は八時頃迄ふとんの中に居て

起き出して、

昨日の残飯にて、おむすびを造り

小供達に、あたひ、

これから、家の中の片付をして洗たくを初（＝始め）る

お天氣は晴れて来た

九時半　小供達(注1)は、ウドンを買ひに行く

十一時半、サイレンが鳴り出した(注2)。

小供達はさいわい、買って、もどって来た。

午後、吉崎様、出征祝に来て下さった。

秋元様も入隊の様子を尋ねに来て下さった

注1　**小供達**

出かけていたのは、いちばん上が、間もなく一三歳になる姉・信子と、八歳の兄・幸次、六歳の姉・道子、四歳の兄・才介で、二歳の茂夫（筆者）と乳飲み子だった妹・智恵子は母と一緒にいたのだろう。いずれにしても母は、総勢六人の子どもをかかえていたのである。

注2　**サイレンが鳴り出した**

空襲に備えての警戒警報で、町中に鳴り渡った。当然子どもたちは大急ぎで家に戻らなければならなかった。

注3　**東京高女**

姉・信子（後に道子も）が通っていた私立中学校で、家から徒歩五分ほどのところにあった。高校までの一貫教育校で、港区の名門校のひとつ。明治時代に設立された白線を縫い付けることでも知られていた。現在の東京女子学園中学校・

それから　信子の學校に付
東京高女(注3)へ行く、
先生とよく話しをし
退學することにきめた、
學校がはは、退學をしてもまた、
来年入学させて下さるとの事で安心した、

家へかへってすぐ信子を、ミルクを取りにやる、
ミルクは買へないでもどってきた。
十一日も淋しく過ぎてしまった
夕方祖母　過日、崎(ママ)玉に送りし荷物の運チン十円を取りに来た

十二日　晴
父の衣類　タビ　クツなどの洗たくをする
九時、（B29）へんたい(注4)の警ほうが出る
早速仕度をして、地下へ急ぐ(注5)
防空ごう(注6)へは色々荷物を入れ

高等学校。

注4　**（B29）へんたい**
B29は、一九四四年五月から戦線に投入された大型戦略爆撃機で、その名は日本列島に襲いかかるアメリカ軍の代名詞のようなものだった。幅四三メートル、全長三〇メートルの銀色の巨体はスマートで、はるか上空を飛んでいるときは、美しくさえ見えた。しかしその飛行能力は戦闘機並みで、アクロバット飛行もできたという。そんな戦略爆撃機が、大量の焼夷弾を積んで、数千キロも離れた彼方から飛んできて、町や人々を焼き亡ぼしたのである。そのB29が編隊を組んで近づいているということは、相当の厳しい空襲があることを予感させた。

注5　**地下へ急ぐ**
警報を受け、子どもを連れて空襲から急いで避難する母の行動記録に、

秋元様にお願ひいたし出かけた
三田は、ひがいもなく
十二時半頃家へかへる

野菜の配給、京菜一かぶ来た。
午前中残りの先たく（ママ）をすましほして居ると、
藤時様京菜一かぶ五十銭
持って来て下さった
有りがたく感じた
夕方　支部長殿(注7)
お祝に来て下さった
長谷川様だそうです
本部　五円
三田支部　十円

十三日　晴
父出征より早三日は

しばしばこの「地下」が出てくる。自分の家に掘った防空壕（次の注6を参照）と別であることは、文脈から明らかだが、ではどこの地下だったのか。家の近くに地下のある建物といえば、安田銀行しかない。いまはもう存在しない建物だが、鉄筋コンクリート造りの、いかにも頑丈そうな建物で、家から歩いてすぐのところにあった。メモの中でたった一か所だが、「銀行地下」と記されているので、この「地下」が安田銀行の地下であることは間違いないだろう。以後、本稿では、避難場所としての「地下」をこの安田銀行地下として、話を進めることにする。銀行側の特別の計らいで、母はそこを決定的な避難所として確保しておいたのである。

注6　**防空ごう**
それぞれの家に作られた地下壕。とはいっても地下深く掘れるわけはな

淋しく過ぎてしまった
昨夜十一時警ほう出る、一機にて、[注8]
別に何のひがいもなく安心いたしした
少し眠り、四時半起床
春日神社にお参りして、笛の爺さんにごみをたのみ、
外のごみせいりをし、
父の衣類のせんたくをし、
昨日配給の鮭にて朝食を●●●（墨のようなヨゴレで判読不能。以下同）
九時警ほう
三時警ほう
午前中、みの浦様第四班の出征祝に来て下さる
昼食後　信子、伊皿子配給所へ行く[注9]
藤時様よりハス漬菜、いたゞいてかへる
午後新堀へミルクを取りに行く、
貰いないでかへる
憲兵隊より飯、おひつ一ぱい頂く、[注10]

いし、だいいち、その家に焼夷弾を落とされ脱出できなかったら、焼き亡ぼされるか蒸し焼きにされたであろうシロモノ。クニや軍部はとんでもない防護策を講じたものである。考えた当人たちは頑丈な地下壕に逃げ込むつもりだったのだろう。いつの世もそんなもので、母はそれならばと、子どもたちを救うための最善の策をとったのである。必死だったのだ。

注7　**支部長殿**
やおやは、けっこうしっかりしたやおや同士の組織があって、相互互助会を形成していた。戦後も、仕入れの伝票などを取りまとめ役のやおやが集めて、それをさらに上部の互助会に納めていた。ここでいう支部長とは、おそらく三田・田町地区の支部長だろう。

ほんとうに、うれしかった
五時夕食をすまし七時頃、芝新様松本様、
京なと漬菜、一円五十銭持って来て下さった、
これからは三町目配給所へ来るやう
●●し、皆様親せつにして下さるので有がたく思ふ。

九時頃休み
十一時十五分前、警報
すはと飛起スイッチを入れる(注11)
情報思はしからず、(注12)
すぐ小供達仕度する、
間なく空しゅう、電気を消し外へ出れば、
すでに眞晝のやうな、明るさ、
高射砲はなる、照明弾の光は強く、(注13)
小供達は、泣く、
実に、恐ろしく感じた、
父のるすに小供達にさいなんのないやう神に祈りつ丶、

注8 **一機にて**
このメモに記された「一機」とは、偵察のために飛来した爆撃機で、上空から撮影したりしながら、直近で焼夷弾を落とした地域の焼け具合をチェックしたり、これからどこに焼夷弾をばらまけば効果的かなどを探っていたのであって、実は安心などできない狡猾無類な「敵」なのであった。このような「一機」は、このあとも度々出てきて、さすがに不気味な存在になっていったようである。

注9 **伊皿子配給所**
家から通りを隔てた向こうに小高い丘があり、その丘を越える聖坂という坂の、さらに向こうに、伊皿子という坂があり、町がある。高輪の一角である。信子姉の足で、三〇分ほどかかっただろう。「新堀」は逆に海岸に近い方向にあった町で、歩いて十数分のところにあった。

地下へと急ぎ
幸ひ小供達、つまづきもせずひなんできほっとし●●●
自分はすぐ、小供●●いて、家へと急ぎ、
防空ごうへ入る物を入れ秋元様にお願ひして
二度（ふたたびの意）地下へ急いだ
三時家へかへり、
先づ安心いたした。
四時に休み、
六時起床

十四日
今日は防空ごうの大整理をした。
父の衣類もせいとんして
早くかへりて着られるやう、
正午頃、前田様　昨夜の見舞に来て下さった、
先日、残りのビールを出した
●●荷物を預けに銀行に行きしも、

注10　**おひつ一ぱい**
お釜で炊いたごはんを、いったん保存しておく、木製の円筒形の蓋つき容器。ごはんがおいしくなると信じられていた。

注11　**スイッチを入れる**
スイッチは、ラジオのスイッチで、警報が鳴れば、さらに詳しい情報をラジオから得ることができた。母はもっぱらラジオからの情報を信頼して、次の行動を起こしていた。

注12　**情報思はしからず**
どのような規模の編隊で、どちらのほうに向かっているかを伝えてくれたので、こちらに襲ってきそうなときは「情報思はしからず」ということになる。この夜の空襲については次のような記録がある――「一七〇機よりなるB29の数目標房総半島および伊豆半島より本土に侵入、二三〇〇から〇〇五〇まで東京を夜間爆

小杉様田舎へ行きてるす、
仕方なく、防空ごうへ入れた、
三時頃、渡辺義孝様奥様一寸尋ねに来て下さった。
父の應召におどろき、疎開の件や何やら
色々涙の内に語り合ひ四時頃おかへりになった
五時頃　小供達久しぶりにて、おえん日[注14]に行く
本を買つて戻つた
夜中、一時頃空しゅう二機にて、
情報思はしからず、
仕度をして、防空ごうへ入った、
三時頃●●んだ

十五日
今日も色々衣類の整理をす
午前九時頃警ほう
昨夜八時半頃、二階で何だか、
こそ〳〵音がするので

撃……今日のB29は一機または数機の低空侵入で爆弾と焼夷弾を混投した。東京の地はゆるがすような地響きをたてた。『今日の市街火災は実にひどく、広範囲にひろがり、それは三月十日の惨状のようだ』と帰還した搭乗員が告げた」（原田良次『日本大空襲　本土制空基地隊員の日記』ちくま学芸文庫）。

注13　**高射砲はなる、照明弾の光は強く**
夜の空襲は人びとの感覚を恐怖で揺るがした。爆撃機の爆音、これだけでも恐ろしい。いくら繰り返されても「慣れる」というものではない。ヒトの感覚とは相容れない音なのである。これに加えて高射砲の轟音。これらが絶え間なく交錯して襲いかかる。そのうえに照明弾の強い光。夜が夜でなくなり、異次元の時空に投げ込まれるのである。

秋元様の御主人に来ていただいて、見てもらったら、
別に何でもなく猫であったので安心した
何につけても秋元様には毎日
一方ならぬお世話様に成って居る
今日家の中も大たい、せいりがつき、
夜早く休む。
九時二十五分、警報、
情ほう思しからず、
大急ぎ仕度して、地下へ行く
大空しゅうにて、(注15)
二時頃家へかへる。
外は、一面火の海、(注16)眞ひるのやうな明るさだ、
電氣がつかず
三時半頃　皆休む

十六日
昨夜のつかれで

注14　**おえん日**
三田に小さなお地蔵さま（子育延命地蔵尊）が祀られている祠があって、そのあたりを地蔵通りと称していたが、毎月決まった日（四の日だったようだ）に縁日の露店が通り沿いに並んだ。小さな地蔵尊の割には、にぎやかな縁日で、ぼくは戦後、その縁日で武者絵を買いそこなった記憶がある。

注15　**大空しゅうにて**
「大空襲」という母のメモは、事態を正確にとらえていて、このときの空襲は近くの大森や蒲田などを猛襲したもので、のちに「城南大空襲」とも名づけられた。二〇〇機のB29から大量の焼夷弾がバラまかれ、死者八〇〇〜九〇〇人、罹災家屋五〜七万戸という大きな被害を被った。夜空はそれ自体が燃えているように見え、大空襲がだんだんわが家に近づいてくるという、わるい予感に苛

小供達九時頃迄休み、
朝食九時半頃、
それにより洗たくをして、十二時になる。
小島様　昨夜の見舞に来て下さる。
午後渡辺様へ色々話しに行く
田町へ行く、
六時頃芝浦の伯母さんがハマグリを持って来て下さった、
八時頃休む

十七日　晴
今日は四時起床
智恵子に乳をのませ茂夫をおんぶして、
神参りをすませ、
五時、食事の仕度にかゝり、
七時朝食　片付をして九時、
自分の防空服を仕立(注17)初(ママ)めたが、
何だか氣分がわるく、晝頃迄、休む

まれていたかもしれない、ガンバレカアチャン！　なのである。

注16　**一面火の海**
「火の海」というのは誇張でなく、実際にまるで燃える海の中のようだった。このような「火の海」を起こすことこそ、アメリカ軍のねらいであった。焼夷弾の投下で、そこらじゅうを「火の海」と化し、人を焼き、建物などを滅ぼし、町を「廃墟」にしてしまうこと。文字通りの「無差別爆撃」であり、そのためにこそ焼夷弾は開発された。

注17　**自分の防空服を仕立**
毎晩のように空襲があると、強気の母もさすがにそれに備えた「防空服」を作らざるをえなくなってきた。「防空服」としては、木綿地による「もんぺ」と「防空頭巾」が必須だった。避難しやすい、消火活動に取り組みやすい、という利点が強調さ

九時警ほう
十一時警ほう
二時警ほう
何れも、一機づゝにて
その間、山忠様、吉川様、多賀様、お出になった
三時半頃迄話す
山忠様、大森にて[注18]丸やけになり、
着のみ着のまゝとのお話
實にお氣のどくにて、
過去を、かへりみれば實に、感無量であった
夕方、秋元様より、ネギを少々いただいた、
それを入れて、かゆを造る
父の居る時とことなり
少しのネギにも涙が先立ち、
今迄の青物の有がたさ[注19]がしみじみ感じる
何につけても見るもの聞くもの、
父のるすの、さびしさ、

れていたが、実際のところは、その具体的な効果よりも、「一億火の玉」「負けられません勝つまでは」などのスローガンを、ひとりひとりに現実的・具体的なものとして感じ取らせるねらいがあったんじゃないだろうか。ちょっと不気味なところのある「制服」なのである。

注18　**山忠様、大森にて**
「山忠様」とはおそらく大森の海苔問屋か何かで、羽振りがよかったのだろう。どんな知り合いだったのかは聞いていなかったが、ご主人がオトーサンの釣り仲間だったりした可能性は捨てきれない。颯爽としていたのではなかったろうか。それが一夜にしてパー、文字どおり灰燼に帰したのである。諸行無常、盛者必衰……そんなもんじゃない。そんな四字熟語で済まされるものではない。想像を絶する、炎の容赦ない攻撃であり、地獄絵図そのものでもあった

いつになったら、
この気持ちが晴れるかと、しみじみ思ふ
十八日　晴　風強し
四時起床　神参をすまし洗たくをし、
七時朝食
自分の防空ふくを縫初める
しかし針持つ手も、父の事のみ考へ、
何も〳〵手につかず、ぽつ〳〵初める
晝頃、崎玉より祖母来る
命がけにて空しゅうの見舞にお出になった、
おやいもを、たくさん持って来て下さった
色々空しゅうの話しをいたし、
晝食をすませ、すぐベントウを造り三時迄、
田町へ見送りす、
夕食は、久しぶりにて、
いもを塩ゆでにしとうふといかの煮付、(注20)

のである。イマジン！

注19　**青物の有がたさ**
青物とは野菜のこと。戦時中は野菜不足に悩まされていた。栄養がどうこうといった知識よりもなによりも、からだが求めていたのだ。飢餓に苦しんだ戦地の記録にも、野菜を渇望するシーンは少なくない。野菜嫌いが少なくない昨今の食糧事情は、戦時下を生き抜いた母のような人たちにとっては、ナンナンダロ！なのだ。

注20　**いもを塩ゆでにしとうふといかの煮付**
こう記しただけで、ご馳走だな、と直感できる。ただし主食はいも、おかず二品である。それでも、オトーサンはイカが大好物だったから、オトーサンがいたら、という嘆息が出てきてしまったのだ。

小供達、お父さんが居たら大よろこびねと話しつゝ夕食はすむ、
父出征以来初めて、お湯に行く。
今晩のラジオは放送音楽會
父がすきであっただけに思出も一しを深くきく
今日は、ひる十二時警報
今日は助沢の高橋様よりお便りあり、
ほんとうに、なつかしく感じた、
川崎が全灰の報、(注21) 昨日吉川様よりきゝしも
今だ(ママ)何の音信無、案じて居る

十九日
午前一時　警報　一機
五時起床　七時朝食
九時父より便りあり
十三日某方面へ出發の由
近々には公用にて外出もある事(注22)とのみ、
心待して明暮待って居りしに、

注21　**川崎が全灰の報**
もしかしたら、一五日夜の城南大空襲の情報だったのかもしれない。母がとても仲よくしていた、川崎にいる弟一家は無事だった。

注22　**某方面へ出發の由　近々には公用にて外出もある事**
某方面へ……手紙に部隊の動きなどを書くことは厳禁であった。機密であるべき軍事作戦が、どこでどう知られるかわからないからである。とことん秘密裏にコトは進められたのだ。公用外出云々……召集されて一週間も経たないうちに「公用外出」とはいえ（それも結局はガセ情報だったのだが）、オトーサンと会えると期待した母のノーテンキぶりこそ、戦時における母の強みだった。しかも、それがダメだとわかると、すぐ態勢を立て直し、オトーサンの「帰る日」まではがんばろうと決意表明。「帰る日」がくることを露ほども疑

この便りにて、力がぬけてしまった。
しかし、これではならぬ、
父のるす中必ず子供をしっかり守らなければ、
私の務めは、はたせない。
よし必ず父の帰る日迄は何が何でもがんばらうと決心した。
間もなく、
十時二十分頃警報、
B29三機へんたい
小形機へんたい(注23)の情報、
早速地下へ急ぐ
別に大したひがいもなく十一時半かい除
ほっとした
夕方五時頃より雨がふり出す。
父のるすの事とて、
何といふ淋しさであらう
今晩は天候不安故、
小供は六時半、休ます。

っていない。「非軍国の母」だったというべきなのだろう。

注23 **小形機へんたい**
少なくとも母のメモには初めて登場する「小型機編隊」だが、これはP51のことで、これこそ軍部が恐れていた新型機である。つい先ごろ占領されたばかりのイオウトウ（硫黄島）などの近場からひょいと飛んできて、大型戦略爆撃機B29を援護する役割を担った、当時最高度のすぐれた機能を持つ戦闘機である。日本の戦闘機も、この小回りの利く強い戦闘機を持て余すようになっていった。

秋元様、父の便りを尋ねて下さる、
ほんとうに力強く感じた。
今日は渡辺様奥様
父の出征祝にお出になった
廿円下さる。
何といふ、よい心がけの奥様であらう。
自分は今疎開して国へかへるにもかゝわらず、
お尋ね下され、
何ともお礼の申し上ようもありません、
いつか又、御恩の万分の一にも、
むくゆる時も来ると思ひつゝ、
深く〳〵感謝いたす。

廿日
今日は曇、風強く時々雨
やゝ寒く、
昼十二時半警報、一機、

二時半頃多賀夫人尋ねて下さる
四時大急ぎで、
ミルクを取りに行くもやっぱりいたゞけず、
むなしくかへる。
つくぐ〜お父さんが居られたらと、
かなしくなる
何も――何といふ淋しさであらう。

●メモを読み解く――ガンバレカアチャン！

警戒警報と空襲警報が母と子どもたちを追う

召集令状を受け取ってから出征の朝まで、突然迫ってきたオトーサンのイマハノキワに、ほとんど眠ることができなかった母は、その夜、寂しさを抱えたまま、それこそ泥沼にはまるような、深くてくらい眠りに落ちた。さてその翌朝のこと――

子どもたちがうどんを買いに行っている間に、サイレンが鳴った。空襲の警戒警報である。気が気ではなかった母だが、うどんを買った子どもたちは急いで戻ってきた。

母にとっては、「銃後」もへったくれもない、じかに降りかかってくる空襲と飢えの恐怖から子どもたちを守り抜く「たたかい」であった。いちばん上の姉、信子は、普通なら中学生になったばかりの少女でありながら、母の片腕として、母に叱咤されながら、地下壕への避難誘導やら食料調達など、十分すぎるほどの役割を果たしていた。

さて、母が聞いた「サイレン」であるが、まずは空襲に備えよ、という合図である。

敵機の機影を確認すると直ちに、当該地域の軍の司令部（ここでは関東方面軍監部司令部）から「警戒警報」が発令され、町中にサイレンが鳴り響いた。長く尾を引くサイレンで、このサイレンを合図として、夜であれば明かりを消すなどして、敵機から気配をさとられないようにしつつ、空襲に備え、いつでも防空壕に逃げ込めるよう準備を急いだ。とはいっても、ほとんど連日の空襲だから、格別の準備よりも、恐怖心とたたかいながら、あるいは敵愾心を燃やしながら、避難の手順などを確認するのが精一杯だった。

これは、とんでもないことなのだが、はじめのうちは、少なくとも軍当局や積極的協力者たちから「焼夷弾は怖くない、逃げるな、火を消せ」と言い聞かされていた。しかし空襲が激しく、しかも頻繁になってからは、さすがにその方針では犠牲者が増える一方となり、やがて「避難」が黙認されるようになっていった。

さて警報であるが、敵機が別の方向へターンして、こちらには来ないと判断できれば解除されたが、逆に、どんどん迫ってきて、いよいよとなると「空襲警報」に切り替えられた。町中に鳴り響くサイレンも、長く尾を引くものから、慌ただしく断続的に鳴るサイレンに代わり、緊急避難を呼びかけた。敵機来襲ノオソレアル場合から、敵機来襲ノ危険アリへ、警戒度がランクアップされ、人びとの緊張度もぐんと高まった。

子どもたちが買い物に出ている間に鳴りわたった警戒警報は幸い空襲警報に替わることがなく、母もひと安心だったのである。

ちなみに、ぼくのサイレン・アレルギーは、いまだに消えることのないほど深く刻まれていて、まあ、これぱっかりは、自分の意志でコントロールできるというものではない。逆に言うと、サイレンの音というのは、それほどよくできていて、タマシイを恐怖で突き動かし次の行動を促すような、音域やら繰り返しのサイクルなどが、ちゃんと計算されていたのだろう。サイレンということばのモトとされる人魚セイレーンは、ギリシャ神話に登場するが、そこでは、妖しい歌声で船乗りたちを惑わし、挙げ句の果ては喰い殺したとされている。サイレンの不気味な音からすれば、なるほど、さもありなんと、思わされる話である。

高射砲の轟音や照明弾の強い光

数千メートル上空を高速で飛ぶ爆撃機、これを地上から撃ち落とそうとするのだから、弾の速さを極限まで上げようと、撃ち出す砲身を長くし、しかも素早く狙いを定めるためにその動きを最大限滑らかにしたものの、それでも一発で命中させるのは難しい。立て続けに、凄まじいまでの轟音とともに撃たざるを得ないのであった。

夜間であれば、目標の爆撃機を照らし出そうと一定の場所から強力な光を投げかけるサーチライトの役割も大きくなる。爆撃する側からは、目標を浮かび上がらせるための強い照明弾を落とすので、常軌を逸した轟音と強力な光の乱舞が、近隣住民の肝を縮み上がらせた。ぼく自身は、サイレンと同様、サーチライトの印象も強烈で、いまだに夜空をサーチライトが走ると恐ろしくなる。そういえば最近はほとんど見ることがなくなったが。

「火の海」の恐怖

いろいろな方面で燃える炎が乱反射しながら広がっていく。まさしく「一面火の海」であり、ヒトにとって生命の危機が迫る恐怖の光景である。作家・山田風太郎さんは五月二四日の大空襲を記録した中で、火の海のありさまを文字通り、ありありと描き出している――。

「煙の中を群衆といっしょに、五反田へゆく大通りへ出た。そのとたん、ザザッ――という音がして、頭上からまた焼夷弾が撒かれていって、広い街路は見はるかす果まで無数の大蠟燭をともしたような光の帯となった。自分達はこの火の花を踏んで走った。五反田の空は真っ赤に焼けただれ、凄じい業火の海はとどろいていた。煙にかすみ、火花に浮かんで、虫の大群のように群衆は逃げる。泣く子、叫ぶ母、どなる男、ふしまろぶ老婆――まさに阿鼻叫喚だ。高射砲はまだとどろき、空に爆音は執拗につづいている」(『戦中派不戦日記』講談社文庫)

　ぼく自身は、おそらく何度も「一面火の海」(注24)を見たためでもあるのだろう、戦争が終わってからも、繰り返し真っ赤な夢を見て恐怖を味わわされた。そのたびにそばに寝ている母を起こしてしまうのだったが、母はそんなとき必ず「目を開けてごらん」とやさしく言ってくれた。それによって、夢を見て

注24　**真っ赤な夢**
火の海の印象は強烈で、作家の永井荷風さんも、三月一〇日の大空襲のあとの日記に次のようなことを記している――「昨夜猛火は殆東京全市を灰になしたり……午前二時に至り寝に就く。灯を消し眼を閉るに火星粉〻として暗中に飛び、風声啾〻(しゅうしゅう)として鳴りひびくを聞きしが、やがてこの幻影も次第に消え失せいつか眠(ねむり)におちぬ」(『断腸亭日乗(下)』岩波文庫)。

いた「今ここ」には「火の海」がないのだということを確認することができ、安心して眠りにつくことができたのである。おそらく母もまた同じようにして、恐怖の記憶から逃れていたのだろう。

母を憂鬱にした「防空服」のこと

歌手の淡谷のり子さんが、戦地への慰問公演の際、もんぺでは誰もよろこばないと、化粧もし、おしゃれもして舞台に上がり、当局からにらまれた、というエピソードも残っている。母も防空服を縫うということだけで気が滅入り、オトーサンとのにぎやかでのびのびしていた日々に、ついつい思いを馳せていたのだ。

この「制服」について、敗戦翌年に、映画監督の伊丹万作さん（伊丹十三さんのお父さん）が戦争責任問題を問われたとき、次のように記した。

「服装の問題にしても、ゲートルを巻かなければ門から一歩も出られないようなこっけいなことにしてしまったのは、政府でも官庁でもなく、むしろ国民自身だったのである。私のような病人は、ついに一度もあの醜い戦闘帽というものを持たずにすんだが、たまに外出するとき、普通のあり合わせの帽子をかぶって出ると、たちまち国賊を見つけたような憎悪の眼を光らせたのは、だれでもない、親愛なる同胞諸君であったことを私は忘れられない。……たまたま服装をその本来に扱っている人間を見ると、彼らは眉を逆立てて憤慨するか、ないしは、眉を逆立てる演技をして見せることによって、自分の立場の保鞏（ほきょう）（＝守ること）につとめていたのであろう」（『新装版　伊丹万作全集1』筑摩書房）

銀色の巨体が上空を行く！　B29恐るべし

空から文字通り悪魔のようにやってくる爆撃機、特に大型戦略爆撃機B29は、大量の焼夷弾を無作為に、としか思えないほど際限なく落とし、町をあっという間に火の海に変えた。普通の家でも「軍需品を生産する軍事施設なのだから攻撃してもいいのだ」という言い訳が用意された、無差別攻撃である。

人の住む建物は焼き尽くされ、焼夷弾の直撃を受けたり、逃げ切れず焼き亡ぼされる人びとは少なくなかった。

これよりほぼひと月前の三月一〇日、東京の下町を襲った大空襲では、ひと晩で一〇万人もの犠牲者を出していた。これはもう民家や長屋同然の家屋を狙い、戦力ではない人びとを見境なく焼き亡ぼす悪魔的攻撃であった。クニは「本土決戦」に備えて云々、つまりまだ「本土決戦」には至っていないというヨミを当然のこととしていたが、焼夷弾攻撃をもろに受ける人びとにとっては、すでに「本土決戦」のただなかに叩き込まれていたのである。

＊参考——三月一〇日の下町大空襲のこと

母のメモからなんとか伝わってくる、空襲の恐ろしさと、母がその厳しい状況と必死に向き合い闘ってきた、その思いに少しでも近づくために、オトーサンが出征するほぼひと月前に引き起こされた下町大空襲を見過ごすわけにはいかない。ここでは、とても気になっていた、いわば「証言」をピックアップして、その実際の一端を垣間見ることにしたい。

——復員してあらためて突き付けられた現実

これは、下町大空襲で、自分の妻と子どもたちが、たったひとりの娘を残して焼き亡ぼされたことを大陸で伝え聞いていた召集兵士が、復員してきてから記した記録の一部である（深江亮『灰の歳月』＝「文芸同人誌815」）。昭和二一年五月二五日の記録によると、前日に博多の埠頭から上陸、熊本まで混雑を極める汽車に乗り、深夜、上熊本着、駅で夜を明かし、翌早朝乗り換えて——「七時菊池電車で終点隈府まで、隈府から徒歩十キロ、姉さんの仮宅……に至る。心ばかりはやっても初めての路でありしかも脚力ままならず……辿り着いたのがすでに午さがり、姉さんとまづ呼びかけ、多磨恵（注・自分の娘、大空襲当時七歳）多磨恵と声を張り上げる。

姉の顔を一目見るなり一切をあきらめさせられる。すべて杞憂ではなかったのだ、あまりにもむごい現実。村人の集まって来た事も構わず姉さんに抱きついて声を立てて泣く。姪も甥も眼を伏せ顔をそむけている。ただ一人生き残った多磨恵をみつめる、亡くなったものの顔が代わる代わる虚空を駆けめぐる。姉に対する感謝の気持ち言うべくもなし、肉親愛を超えた姉さんの人となりであり人間愛である。

住所録、国旗、千人針等、乗船地にて焼却され何もなし」

この大空襲で焼き亡ぼされた男の子が、亡霊となって語ったところによれば、このあと――「父ちゃんは心の傷を凍らせ、痛みに耐える。虚しさに飲まれないよう、酒に溺れ賭け事にのめり、そしてこれ以上の喪失を被らないために、タマエちゃんにも新しい家族にも情を注ぐのを避けた」

――航空部隊員から聞いた火攻めの地獄絵

「わが隊から東京の戦場整理の応援に駆けつけた竹本上等兵が帰った(注25)夜、彼

注25　**竹本上等兵が帰った**
この記録の筆者は、関東地方の防空拠点の一つである千葉県松戸の飛行場で、戦闘機「屠龍（とりゅう）」の整備を担当していた。竹本上等兵は松戸に帰ってきて、東京・下町の被災状況を話したのである。なお、この日記は原田氏がその当時所有していた文庫本の余白に書き留めたものだという。

は恐れるように、しかも何かに憑かれたような目でその惨禍を語った。『東京の町は一夜にして一望の廃墟と化し、そこには市民の生身の焼けこげた生臭い肉と血の臭いが満ち、わずかに生き残った人々は衣類は焼かれ、目を痛め、真黒の顔でボロクズのようになった男も女も子供も老人も髪を焼かれ眉をこがしあるいは傷つき、皮膚はベロッとはがれたまま、息もたえだえに、崩れおちた瓦礫の街を茫然とゆく。それはまさに地獄からの行列のよう。……防空壕の中には、ときおり寄りそうような黒こげの遺体がそのままに残り、また家屋の下敷きとなって完全に燃え切った遺体はくずれるようなボロボロの白骨と化し、涙をさそった……夕方鬼気迫る一望の焼野原にまだ鬼火のような余燼がのこった』と」（原田良次『日本大空襲　本土制空基地隊員の日記』ちくま学芸文庫）

――山田風太郎さんの三月一〇日の日記から

「午前零時ごろより三時ごろにかけ、B29約百五十機、夜間爆撃。東方の空血の如く燃え、凄惨言語に絶す。爆撃は下町なるに、目黒にて新聞の読めるほどなり。……（午後）若松町に出ると[注26]、晴れた南の空に巨大な黒煙がまだぼんやりと這っていた。それは昨夜の真夜中から今朝のあけがたまで、東京中

注26　**若松町に出る**
ここに記されている、目黒も若松町も牛込山伏町も東京の山の手にあって、隅田川を越えた下町まで、直線距離にしても八キロメートルほどはある。それでも空襲中の明るさといい、避難してくる人たちの多さといい、ほんとに身近に感じられるくらい、激しい空襲だったのだ。

を血のように染めて燃えつづけた炎の中を、真っ黒な蛇のようにのたくっていたぶきみな煙と同じものであった。牛込山伏町あたりにまでやって来ると、もう何ともいいようのない鬼気が感じられはじめた。ときどき罹災民の群に逢う。リヤカーに泥まみれの蒲団や、赤く焼けただれた鍋などをごたごた積んで、額に繃帯した老人や、幽霊のように髪の乱れた女などが、あえぎあえぎ通り過ぎてゆく。――しかし、たとえそれらの姿をしばらく視界から除いても、やっぱりこの何ともいえない鬼気は町に漂っているのである……」

そして医学生らしい観察だが、爆撃による熱気と黒煙で、多くの人は眼が完全につぶれてしまった。さらに多くの人は窒息して死んだ、と記している（前出『戦中派不戦日記』）。

さらにこの下町大空襲には、注目せざるを得ない後日談があった。

三月一〇日の大空襲から一週間ほど経ったとき、作家の堀田善衛さん(注27)は深川(注28)に向かう。知り合いの女に会おうと。生きている見込みはほぼ絶たれていたが、堀田さんならではの行動力である。現場に足を向けないではいられないのである。しかし、永代橋の途中で立ち止まる。その先は「平べったく、一切が焼け落ちてしまっていた」からだが、とにかく渡り切って、富岡

注27 **堀田善衛さん**
ここに引用した驚くべき光景は、一九七〇年に著した『方丈記私記』（ちくま文庫）という作品に記されている。もっとも当時の新聞には大々的に取り上げられていたから、天皇の行動そのものは、知る人ぞ知るものであった。なお堀田善衛は一九五一年に『広場の孤独』（集英社文庫）を発表（翌年の芥川賞を受賞）し、戦後間もなくして起こった朝鮮戦争から目を逸らすことなく、深く考察し続けた作家でもある。

注28 **深川**
すぐ後に出てくる、永代橋を都心の側から隅田川を渡ると、そのあたり一帯が深川である。下町を代表する地名でもある。

八幡宮(注29)があったあたりの焼け野原に佇むことになる。

ところが周辺に、やたら憲兵やら警官が多く、焼け跡を整理していた。と、そこへいかにも不釣り合いな外車の列が入ってきた。

そしてそのうちの一台から「軍服に磨きたてられた長靴をはいた天皇が下りて来た……あたりで焼け跡をほっくりかえしていた、まばらな人影がこそこそというふうに集って来て……しめった灰の中に土下座をした……これらの人々は本当に土下座をして、涙を流しながら、陛下、私たちの努力が足りませんでしたので、むざむざと焼いてしまいました。まことに申訳ない次第でございます、生命をささげまして、といったことを、口々に小声で呟いていたのだ」

そして「責任は、原因を作った方にはなくて、結果を、つまりは焼かれてしまい、身内の多くを殺されてしまった者のほうにあることになる！　そんな法外なことがどこにある！」と作家は考え込む。ぼくも考え込む。

それだけ天皇は絶対的な存在であり、「朕」と「臣」の関係は、関係という概念が成り立たないほど揺るぎのないものだった。だからこそ一九七五年の公式記者会見で「戦争責任」について問われたとき「そういう言葉のアヤについては(注30)」などと、応じたのだろう。朕は臣の忠実なることを少しも疑って

注29　**富岡八幡宮**
深川にある八幡宮で、天皇に連なる国家神道の重要な拠点でもあった。なお国家神道は戦後すぐに廃止された。

注30　**「そういう言葉のアヤについては」**
一九七五年一〇月三一日に行われた公式記者会見の席上、広島の原爆について聞かれた天皇は、「原子爆弾が投下されたことに対しては遺憾には思ってますが、こういう戦争中であることですから、どうも、広島市民に対しては気の毒であるが、やむを得ないことと私は思ってます」と答え、いわゆる戦争責任について、どのように考えているかという質問には、「そういう言葉のアヤについては、私はそういう文学方面はあまり研究もしていないので、よくわかりませんから、そういう問題についてはお答えが出来かねます」と答えている。

こなかったのであり、臣に対する「責任」など、「言葉のアヤ」にすぎなかった。

さらにもうひとつの後日談を――

「鬼畜ルメー断じて怖れじ」――これは、一九四五年三月一三日付「朝日新聞」のトップ記事の囲み付き見出しである。記事は下町大空襲を報じたもので、さすがの大本営もこの大空襲を隠し通すことはできず、その被害も「決して生易しいものではない」としたうえで、敵の正体を暴いてみせた――日本空襲のマリアナ基地司令官がかつて盟邦ドイツのハンブルグ、ベルリンなどの諸都市に対し無差別爆撃を行った鬼畜のごとき異常性格者ルメーであることを想起するならばこれはもとより予期されたことである、云々と。

実にもう憎しみをあふれさせた文面であるが、これもまた戦争というものの一面を如実に現していて、敵を明確にして敵愾心をかきたてる、わかりやすい構図である。

ところが、ところが、である。このニックキ敵だったはずのルメーに、広島への原爆投下にも深くかかわっていたこのルメーに、一九六四年、天皇からの最高レベルの勲章、「勲一等旭日大綬章」が与えられた！

ありえない話としか思えない。

当時、マスメディアはほとんど黙殺。東京大空襲の折に「鬼畜ルメー」と大々的に名指しした朝日新聞は、この叙勲についてはべた記事扱い[注31]で、こそこそと報じたにすぎない。

いったいなんだったのだろう。この叙勲は！

戦争についてたくさんの著書がある、あの沈着冷静な半藤一利さんも次のように筆を叩きつけている――「これを知らされたときのわたくしの怒髪が天をついたのは、いかがであろうか、無理はないことと読者は思われぬか」と（『B面昭和史』1926―1945　平凡社ライブラリー）。

避難にも最大限の知恵をしぼった母――すごいぞカアチャン！

ところで、さあ警戒警報だ、それ、空襲警報だ、といっても、まだ素早い行動などできない幼児だったぼくは、すぐ上の姉にも助けられて、近くにあった安田銀行の支店（安田銀行は、三井、三菱、住友と並ぶ日本四大財閥のひとつ、安田財閥の中核に位置していた銀行で、その後、富士銀行、さらにみずほ銀行になって今に至っている）地下の防空壕に逃げ込んだ（四月十二日のメモにある、注5を参照されたい）。

安田銀行は、鉄筋コンクリートの、見るからに頑丈そうな建物で、近所で

注31　**べた記事扱い**
一九六四年一二月四日付夕刊の社会面左下隅に本文わずか七行の、次のような記事が載っていた。ここではルメーがルメイと表記されている。
「ルメイ大将に勲一等
政府は四日午前の閣議で、米空軍参謀総長カーチス・ルメイ大将に対して勲一等旭日大綬章を贈ることを決めた。同大将は六日、横田着の軍用機で来日、七日には防衛庁に小泉防衛庁長官を訪問する予定。」
（因みに小泉防衛庁長官は、小泉純一郎元首相の父である）

は、最強の砦であり、絶対的な信頼を得ていた。

いっぽう、空襲から身を守るために各戸で作ることを奨励された防空壕は、身を守るというより身を隠すためのもので、上屋が燃えてしまえば、もろともに焼かれてしまうこともあった。子どもを守るのに必死だった母は、オカミのいうことを鵜呑みにせず、近所でいちばん頑丈であるはずの、安田銀行の地下壕に、子どもたちを避難させていたのである。

三田同朋町時代は木造とはいえ三階建ての、当時としては華々しいところのある家屋に、やおやの店舗と子どもたちの部屋を構えていたのだから、文字通り羽振りがよかったのである。すぐ目と鼻の先にある安田銀行が、これを見過ごすはずはなかったろうと思う。日銭を預ける方法も講じていたかもしれない。地元の振興に力を入れる銀行マンがいてもおかしくない。四月十四日のメモに「●●荷物を預けに銀行に行きしも、小杉様田舎へ行きてるす……」とある、ここで記された「小杉様」こそがその銀行マンだったのではなかろうか。母の必死の願いと、それに応えた小杉さんの尽力で、地下壕の一部を貸してもらっていたのだろう。

因みに、安田銀行のあとを継いだ富士銀行は、一九六〇年に「カラコロ富士へ」というキャッチフレーズを掲げていた。下駄ばきで出入りできる銀行という意味で、地元を大切にする意識が脈々と流れていたのかなと、ふっと思わされるのである。

さらに、母がメモを書きつけた小さな手帳も、貴重なエンピツとともに、安田銀行からの配り物だった可能性が高い。「序」に記した文具の専門家も、この推理には賛同してくれた。というか、そうでも考えなければ、とても手に入るシロモノではなかったのだから、まあ、推理もへったくれもなかったのである。

とにかく母は、空襲警報が鳴ると、銀行地下壕へ子どもたちを避難させておいてから、家に戻って、ラジオから流れる「情報」に耳を傾けた。実際、警報につづくその「情報」は、刻々と変わる敵機の動きを、避難の指針になるよう、可能な限り詳細に伝えていて、母はそれを信頼し、次の行動を決めていた。

ラジオの放送は次のようなものであった。

空襲が予測されるとすぐにサイレンを鳴らし、「東部軍管部情報、東部軍管部情報」と、その情報源を明確にしつつ耳を傾けさせ、「房総半島より本土に侵入せる敵Ｂ29は、先頭梯団が帝都に侵入しつつあり、後続梯団は伊豆半島上空より北進し富士山付近にて東進しつつあり。夜間につき敵戦闘機編隊の襲撃の恐れあり」（NHKラジオ深夜便による）といった具体的情報を流した。母がメモに、「情報思はしからず」と記した「情報」が、これである。

いっぽうで街に流れるデマやウワサには、いっさい耳を貸さない母の頑固さは、ただひたすら子どもを守るための、最大の知恵でもあった。

母には痛い体験があった。

亡くなる数年前、平成に入って間もなくのころ、ぼくがひとりでいるときに、驚くべきことを告白してくれた。

まだ母が結婚前で千葉県佐原の町にいたときに関東大震災が起こったのだが、朝鮮人が井戸に毒を入れたとか、暴動を起こそうとしているとかという話が伝わってきて、捕まえた朝鮮人をひどいやり方でよってたかって殺したというんだけど、それがとても普通のことに思えた、というのだ。

「わたしも、ふだんから朝鮮人に対してひどいことをしてきたから、ありうることと思えたんだねえ。まだ子どものころから、近所の朝鮮人の女の子が赤ちゃんを、ネンネコでくるんでおんぶしているところへ、その子の背中と赤ちゃんの間に、石ころを入れていくんだよ。赤ちゃんは泣くし、子守の女の子も泣くし。それでもチョーセンジン、チョーセンジンってはやしながら、これでもかっていうくらい石ころを入れたんだよ。なんてひどいことをしたんだろうねえ、ほんとにわるいことをしたなあって。このまま黙っていたんじゃねえ」

そう言って母は大粒の涙を流していた。

そんな経験と深い後悔があったから、戦時中も直感的にデマやウワサに身構えていたのだ。少なくともアタマから信じ込まないようにと、自分を律していたのだろう。それが結果的に、子どもたちを戦火から守り抜くことになったのである。

母のメモ　その4　昭和二十年四月二十一日～五月二日

四月二十一日

何だか氣分がわるく五時半起床　神参をすませ、七時半朝食

洗たくをすませ、

九時ふと店先に手紙が落ちて居る

はっと見れば、見知らぬ人の名、

しかし手すじが父そっくり、

あゝこれは父だなと、むねおどらせて封をきる、

見れば父はもはや、遠き九州へ行って居る。

佐世保より、七八里はなれた、

五島列島の守備の様子。

よもや九州へは、行かないだらう。(注1)

どうか、近々の處で、ご奉公(注2)が出来ますやう、

祈りて居りしも、

注1　**よもや九州へは、行かないだらう**
母にとっては、九州すなわち絶体絶命の地であった。天下分け目と目されていたイオウトウの争奪戦に敗れ、沖縄にも敵は上陸してしまった。しかもこのふたつの戦いは、絶対に負けてはいけない戦いなのであり、それこそ死力を尽くす戦いだった。次にそのような戦いがあるとすれば、沖縄からひとまたぎの距離にある九州だったのだ。落ち込む母。オトーサンの手紙には遺書の気配が漂っている……

注2　**ご奉公**
もともとの意味は、主従の関係のなか、従者が主人に対して果たす義務のことをいうが、戦時中はもっぱら、軍人として命令に従い行動することをご奉公といった。命令の大もとは常に大元帥の天皇であったから、天皇に忠実に仕えるというニュアンス

これは自分の神様に、祈りが足らぬかと、
しみ〴〵考へました。
当分通信は出来ぬ(注3)だらうが、
子供の教育につとめ、
桑原の家を守りぬいてくれと、
信子にも母に協力するやう切々なる手紙、
一家の事をこんなに心配して居る、父の氣持
何も〳〵たゞ〳〵、ぼうぜんと考へてしまいました。
しかし、身は遠くはなれても、
心は決してはなれず
勝抜くまでは何がなんでも(注4)がんばって
二度（ふたたび）親子共々暮せます日の
早からん事を神に祈り
むなしくこの日も暮れてしまひました。
防空ごうが雨がもるので、
今日もしらべたら大へん〳〵
早速トタンを入れて、せいりしました。

が強いことばである。

注3　**通信は出来ぬ**
五島列島での作戦はすべて機密事項であるのは、戦争の状況からすれば当然のことだったのだが、母にとって通信の途絶は、すなわち死に瀕しているということでもあった。

注4　**勝抜くまでは何がなんでも**
母のメモには、このような表現が出てくるが、戦争の勝ち負けを記そうとしているのではない。読み方としては「戦争が終わるまでは」なのだが、当時の人たちは不敗神話、つまり「神の国・日本」は戦争に負けたことがないという言説を、教育やマスメディアを通して、何の疑いもなく信じていたから、戦争が「終わる」こと、すなわち、それは戦争に「勝つ」ことしかなかったのだ。このような表現を額面どおりに受け取ると、竹槍で鋼鉄の戦車に立ち向か

ついでに、リヤカー自転車の置場もせいりして、
父の事を考へつゝ、
一日は暮れてしまひました。

廿三日（廿二日の誤記か）

四時起床

神参をすませ、畑（笛？）の爺さんにたのんで、ごみせいり。

七時朝食、坂田さん、リヤカー借りに来る

正午頃迄、貸す。

今日、警報、八時、九時五機、四時（ママ）

午後一時半頃、赤尾様奥様お見得になる。

今日は横須賀へ面會に行った、（注5）かへりにて、

同じ思ひに暮らす、二人話しはつきず、

三時半頃迄、語り合ひ涙のうちにお別れす。

信子、伊皿子配給所より、三時頃かへる

漬菜、亀戸（大根）少々いたゞいて来る、

亀戸の菜は、まっかになって居る。

うようなイメージもできあがってしまう。なにしろ負けるはずがないのだから。

注5　**横須賀へ面會に行った**
ちょっとわかりにくいが、この直前に記されている、赤尾様奥様（どのような知り合いであったのかは残念ながら不明）が、その息子さんとの面会に行ってきた帰りに、いろいろと話し合ったようだ。近しい人が戦地へ行くことの悲しさや寂しさが涙になったのだろう。

漬菜は、あかくなって居る、
何んといふ情なさであらう、
父店に居る時は、工場の鳥にあたへたやうな菜を、
今、一葉も、無駄なく洗って使ふその氣持
菜を洗ふにも、先立つものは只涙、
かごに一ぱい持かへった、
あの時の父の面かげが目の前に、うつるのです。
去年の今頃は、
さやえんどうも竹の子も、新のいもも、少し位はいただけたものを、
今は何もなく、
いたゞく品は残品ですから、(注６)
いつもあかくなったやうな物、
食事の時のなさけなさ、
夕方秋元様より、田いものふかしたのを、いたゞいた。
小供達大よろこび、
何知らぬ茂夫は、もっと〳〵と泣く
あゝ何につけても、思出は父の事のみ、

注６　**いたゞく品は残品ですから**
生活レベルで相当困窮してきたようすをうかがうことができるが、作家・永井荷風さんの『断腸亭日乗（下）』五月一日の項に、この頃の生活状況が簡潔に記されている――
「午前中水道水ぎれとなる。去月（四月）十五日大空襲ありて以来瓦斯（ガス）なくなり、毎日炊事をなすに引倒し家屋（疎開地域に指定され取り壊された家屋のこと）の木屑を拾集めこれを燃すなり。敗戦国（荷風さんはすでにこの表現を使っている！）の生活水も火もなく悲惨の極みに達したりといふべし」
ちなみに永井荷風さんはわが家から歩いて三〇分ほどの麻布市兵衛町に、「偏奇館」と称する居を構えていたが、三月の大空襲で全焼、しばらくは流浪の身となっていた。六月に岡山へ疎開した。

夕陽沈み今宵は月がさへて居る。
この月を父は今、
何処で見て居らるゝか。
自分と同じ思で見て居らるゝ事と思ひつゝ、
思出の多かりしこの日も、
いつか去ってしまいました。

二十三日
四時起床　神参をすませ、七時朝食
午前中、自分の防空服を仕上げる、
ひる頃、崎玉より祖父母来る、(注7)
ハス一〆目、根みつを持って来て下された。
ほんとうに、うれしかった。
早速父の話しに、二時頃迄、終付き　おかへりになった。
十二時半頃、警報　一機

二十四日

注7　**崎玉より祖父母来る**
オトーサンの祖父母なのかもしれない。ただし、埼玉にそのような親族がいるとは、聞いたことがないので、詳細は不明である。

四時起床、七時朝食、天氣良く七時四十分、警報。
情ほうわるく、地下へ急ぐ。敵B29百二十機
立川方面に攻げきし三田方面は幸無事
九時半解除
午後　坂田のおじさんお尋ね下さる
久しぶりに、ニシンの配給
夕食に、小供達と父の思出を語りつゝ喰す。
今晩は、前戦へ送る夕にて(注8)
山本五十六（馬琴）、乃木将軍（貞丈）
二題きく
ついこの間迄前戦へ送る夕は、夫と二人で聞いて居たものを、
今は、夫は、何処で聞いて居らるゝか、
なんといふなつかしい又淋しい思出でせうか。
たゞ〳〵夫の健康を祈りつゝ、
今日もむなしく去りました。

注8　**前戦へ送る夕**
戦時中でも毎月九日と二四日に放送された人気エンターテインメント番組。音楽、歌、落語、浪曲、講談などが放送されたが、この日は五代目宝井馬琴と五代目一龍斎貞丈の講談で、演題は、山本五十六と乃木将軍。エンターテインメントとはいえ、戦争とは切り離せない放送だった。なおテーマ音楽はハイケンスのセレナーデで、この曲は戦後のラジオ放送でもよく使われていた。ぼくにとっては、初めて記憶に刻まれたクラシック音楽かもしれない。ちなみに作曲者のハイケンスはオランダ人だったが、日本の盟友・ナチスドイツの信奉者であった。

二十五日
今日は五時起床　七時半朝食、安田へ行き、すっかり計算いたし、
新たに、千一口五百一口、頼ム
十一時　祖父来る
ビールにて晝食す、
十二時　警ほう
二時半、かへる
信子、伊皿子より、漬菜五〇銭もらって来る、信子道子、お湯へ行き、
四時半夕食
父の、うわさを語りつゝ、終る。今日は別にかわりなし

二十六日
五時起床　七時朝食
けさ神参りのかへり山忠様奥様と出合ふ。
小さなコンロで、小さな土なべを（ママ）御飯をたいて居る、
昨日にかわる今日の様　何んと気のどくか、
深く〱感じた。

午後前田様見廻りに来て下さる、
父よりの手紙にびっくりし、
近々面會があるとまって居て下さったそうで、
何かと、しばらくお話しののち、おかへりになる。
藤時様、軍ぞくにて出征(注9)の由、全く力が落ちました、
父出征の後は何くれと、御面どうに預かり、
お野菜も、親切に下され、ほんとうに、頼りにして居りしも、
何といふ事か、つく〴〵くなさけなくなりました。
三時半お湯へ行く。
途中八百辰様による、
御主人御病気の由、奥様つくづく、かなしんで居らるゝ、
あゝ多事多難なる世の中よ、
しみ〴〵無量の感にうたれました。

二十七日
今日は、午前中、才介のズボンを仕立て、
午後川崎、佐原（川崎の弟が佐原の実家へ行く、の意か）、

注9　**軍ぞくにて出征**
前線に出る兵士としてではなく、何らかの専門職などによって、召集される人を総称して「軍属」といった。母がお世話になったというこの方が、どんな仕事をしていたのかなど、今となってはまったく不明である。

前田様大阪へ、手紙を出す。
二時半祖父来る、今晩泊る

二十八日
四時神参をすませ六時半、祖父と共に一同朝食。
十時半、十二時半、警ほう
今日は吉崎様、物置下のそうじ、
戸障子の手入れに来て下さった。五円謝礼す。
祖父は十一時おかへりになる。
べんとうを造り、おかづがないので、生みそを入れて上げた。
田町の方へ父より手紙あり、
十七日長崎出發の由、(注10)

あゝ父は今何処へ行ったでせう、
身も心もやけつくやうな、こひしさ
今一目合ひたいやうな思。
しかし、それではならぬ。

注10 **十七日長崎出發の由**
五島列島へ行くということは、オトーサンからの秘密の手紙でわかっていたが、オジイチャン宛ての手紙で、十七日に長崎を出発したとのこと。いよいよ海を渡って「本土決戦」の最先端へ向かったのである。母は半ば絶望的な気持ちになったのではないだろうか。イオウトウがやられオキナワが激戦地になるなど、敵はぐんぐん近づいてきている。そんな不安と相まって「身も心もやけつくやうな、こひしさ」と記したのだろう。オトーサンはそんな母の気持ちを慮って、いよいよ五島列島に向かうという現時点での消息は自分の父に送ったのかもしれない。

父のおゝせにしたがひ、
何がなんでも勝つまでは、がんばらうと自分にかへり、
とまらぬ涙をおさへつゝ、
今日もつまらなく暮れて行く。

二十九日
今日は思出多き天長節、(注11)
父出征中の事とて何と淋しかった事か
ラジオによる様々のもようしも感深くきゝて、
別に今日はかわった事もなく過ぎた。
警ほう　九時、十一時、十二時半

三十日
八時廿分　警ほう
情ほう思わしからず
地下へ行く
十一時半かい除

注11　**思出多き天長節**
天長節とは、天皇誕生日のこと。どんな思い出があったのかはわからない。少なくともオトーサンとのことであることは推測できるのだが。

二百機にて立川方面
三田は無事。
午後祖父母来る、里芋
ビールの礼として下さる
椎野様お出になる。
夕方、芝新様、月給八拾二円（今日七日迄）持って来て下さった。
月給袋を手にした時の気持、むねも、はりさくばかり
あゝ夫が、あゝして働いて下さった月給かと思へば、（注12）
たゞ〳〵有がたく、おしいたゞきました。
婦長様、赤児にコタクン（詳細不明）を下さった
誠に有がたかった。

五月一日
十二時　警ほう、二機
父より便り有り、なつかしくよむ。長崎より。
夕方、豊岡配給所へ行く、
もやし、根みつ、ネギ五円十銭、いたゞいてかへる

注12　**あゝ夫が、あゝして働いて下さった月給かと思へば**
自分たちでさえこんなにもたいへんなのだ、まして戦地においてをや、という想像力が月給袋を前にしてたちまちはたらいたのだろう。ちなみに徴兵されたとはいえ、給料は支払われた。そうでなければ、戦地でも餓死、内地でも餓死、となって、一億火の玉どころか一億ヘロヘロ、になってしまう。わずかでも補償をしていたのだ。

長崎郵便局気付
堡　二七〇二部隊　千田隊(注13)
二日
西風強く嵐
今日は夫と赤尾様へ葉書を出す。
夜ノ前戦へ送る夕
夫は今、何処で聞いて居らるゝか、
感深くきゝて夜は更ける

●メモを読み解く――オトーサン五島列島へ

オトーサンの遺言のような秘密の手紙

四月二十一日の母のメモには、深刻な思いがあふれている。

まずは偽名の手紙を落手。オトーサンにしてみれば、これからの行く先も記した、検閲されたらアウトの手紙をこっそり書くことさえ、相当の工夫と勇気が必要だっただろう。そのあともたいへんで、差出人を偽名にするまで

注13　**堡　二七〇二部隊　千田隊**　オトーサンへの手紙の宛先である。陸軍の資料がある東京都で調べてもらったところ、オトーサンはたしかに、独立歩兵第六三七大隊に所属していて、兵団称号「堡」の通称号「２７０２」に所属していた。堡は「ほう」と読み、意味は「砦」ということであった

はいいけれど、いったいどのようにして投函したのだろうか。それとも、ヒョーキンなことばかりやって周囲を油断させるなどして、規制をくぐり抜ける手立てを講じていたのだろうか。

いずれにしてもその手紙には、五島列島の守備に就く旨、書いてあった。本土決戦の最前列に位置する島だ。四月一日には沖縄本島にアメリカ軍が上陸、沖縄戦が本格化していて、すでに「本土決戦」は始まっていたのである。「よもや九州へは、行かないだろう」という母の願いも打ち砕かれたのである。

ふだん呑気なオトーサンでも、さすがにこれは危ないと思ったのだろう。クタバラナイという決意も根底から脅かされそうだ。

で、自分がいない家のことに思いを馳せて、信子姉にまで、頼んだぞと言っているような内容で、なによりも遺書であることを感じさせるのは「子供の教育につとめ」という一文だ。オトーサン自身も、そして自分の妻も、満足に教育を受けられなかったという忸怩たる思いがあったところに、戦地でのさまざまな体験が重なり、子どもたちにはなんとしてでも、教育を受けさせてやりたいという、切実な思いがこの一文を書かせたのだと思う。これは戦後のオトーサンのふるまいからも十分察することができる。いまあらためてこの一文に込められた「遺志」が読み取れたような気がする。

母のメモ　その5　昭和二十年五月三日～五月二十四日

三日
三時半　警ほう　一機
南海より大山先生、お出になる疎開の件、(注1)
中野へ速達出すやう　五時、湯へ行く。
五人の小供

四日
十時　警ほう
午後　ミルク、五カン配給
前田様、五時過ぎお出になる、(注2)七時過おかへりになる。
ほんとうに御親切にして下され有がたい。

五日

注1　**疎開の件**
毎日、空襲と空襲警報との闘いである。子どもたちを守り抜くべく、油断するわけにはいかない。ゆっくり眠る時間なんてない。疲れ果て、かえって子どもを危ない目にあわせてしまうかもしれない。意地っ張りの母もついに学童疎開（疎開できる田舎がない生徒を学校単位で疎開させる国家的手段）に踏み切る覚悟を決めた。まずは信子姉の疎開である。さっそく南海小学校の大山先生のところへ相談に行った。さらにこの件について、オトーサン出征前後からいろいろとお世話になっている、オトーサンの義弟・前田さんに速達で知らせた。

注2　**前田様、五時過ぎお出になる**
前日の速達と入れ違いだったのかもしれないが、信子姉の学童疎開の件で、相談することができた。十九日のメモには、信子の学童疎開出発に

今日も十時頃　警ほう
朝早くから、夜具の洗タクに初る。
思出多き五日、(注3)いつもなら、お節句をかざり、
少しなりとも、必ず竹の子、ふきはお供へしたものを、
父るすの事とて何もなく、
小供達に、カンテンを造り、
非常用のミカン入れ、キャラメル一ツヅヽあたへる。
そのよろこび一方ならず。
今日は茂夫が初めて一人で下駄をはいて歩き出した。
あゝお父さんが見たら、どんなに、よろこぶだらうと、
うれし涙にくれた。
なんといふ淋しかった、お節句であった事か。
しかし、必ず勝って父と二度（ふたたび）暮す日の
早からん事を念じて日は暮れてしまった。

六日
昨夜十一時半頃　空しゅう

あたって、見送りに付き添ってくれたことが記されている。

注3　**思出多き五日**
五月五日、端午の節句の日。男の子の成長を願うお祝いの日であったが、翌六日がオトーサンの誕生日でもあり、母にとってはいろいろな思いが重なる、特別な日であったのだ。実は戦後も、この日の雰囲気はいつもと違っていた。慶應大学の脇を通り抜けるバス道路に沿って三〇分ほども歩くと、白金覚林寺、通称「清正公様」があって、五月五日にはその境内や近くの道いっぱいに屋台が並び、コイノボリやホウズキを売っていた。ここで、紙製の小さなコイノボリを買って帰るのがならわしになっていた。

地下へ行き二時　休む
今日は五時半起床
八時半、十一時半、十二時　警報
午前中祖父来る
午後、三丁目配給所[注4]へ行く。
大久保様よりつけな、ネギ四円二十銭　頂いて来た

七日
警ほう　九時半、十時半、十二時
今日は学校へ疎開の件に付
大山先生、心よく引き受けて下さった

八日
十一時半警ほう、
小形機へん隊
B29へん隊にて地下へ行く、
幸無事。

注4　**三丁目配給所**
同朋町の家から歩いて数十メートル歩けば、そこが三田三丁目だった。大久保様は、野菜の配給担当者だったのだろう。大久保という姓をもつやおやが、そのあたりにあったことは確かである。

梶野様へミルクを返す。
秋元様より、セトモノ頂く。
別に変り無し(注5)

九日
変りなし

十日
カン詰の配給受ける、小供達夕方七時頃迄、薪を運ぶ
今日は警ほう十一時五十分　二機

十一日
十時半警ほう　一機
父に便り出す。
長崎　平道様あて(注6)
別にかわりなし

注5　**別に変り無し**
このあたりから、「変りなし」という記述が目立ってくるが、空襲と警報が遠のいたわけではなく、むしろそれが日常的になっていたことと、空襲や警報との休む間のない闘いに、相当疲れてきていることを感じさせる表現である。同時に、日々の食糧確保が最大の関心事となっていて、「変りなし」とは、思うように食糧が手に入らなかったことも意味している。幼い子どもたちを抱えての食糧確保は、これもまた、日々厳しくなっていく戦争の現実にほかならなかった。

注6　**長崎　平道様あて**
所属部隊までわかっていたのだから、直接宛てればよさそうなものだが、なにか事情があってオトーサンに指示された宛先だったのだろう。直接本人宛てだと何か意地悪されるとか、あまりいい事情だったとは考えにくい。

十二日
今日三丁目配給所へ行きしも品不足のため頂けず、
むなしくかへる、実になさけなくなった。
何に付けても、父さへ居られたらと涙にくれる。
夜は、千太萬吉の報送あり
父のすきな、ロッパ出演(注7)
無量の感にうたれた。

十三日
豊岡配給所へ行きしも、今日もだめ。
野菜が一葉(注8)もなく実になさけない。
小供達何に付けても
お父さんが居れば〱と暮して居る。
いくら野菜不足の時でも全然ないなどなかったものを、
夜お汁のみに自分で造った、切干大根(注9)、
少し残って居たのを、みんな入れてに（煮）た。
その大根こそ父がもちかへりし大根なれば、

注7　千太萬吉の報送あり　父のすきな、ロッパ出演
ここで千太萬吉（万吉が正しい）とあるのは、戦前から戦後にかけてコメディアンとして一世を風靡した落語家・柳家金語楼の弟子筋にあたる、リーガル千太・万吉のこと。戦時中はカタカナ名が禁じられていたので柳家千太・万吉と名乗っていた。ロッパとは、人気コメディアン、古川ロッパのこと。浅草で徳川夢声や大辻司郎たちと昭和八年（一九三三年）に「劇団・笑の王国」を旗揚げし、いわゆるアチャラカ（ナンセンス）コメディーで、エノケンと並び称されるほどの人気を博した。声帯模写でも抜群の芸を披露していて、いかにもオトーサン好みの芸人だった。「無量の感にうたれた」と記しているのは、もともと冗談好きの母もその芸に笑いを抑えられず、オトーサンとの思い出を重ねての泣き笑いに誘われたのだろう。

感ひとしお深く有がたくいたゞいた。
夕方、お湯へ行き、智恵子の謝礼として五円差上る
夜中十二時　警ほう。四機にて、小供達を先づ地下へやり、
自分は情ほうきゝつゝ仕立をす。
ひがいなく、一時半かへる。二時休ム
毎日疎開の支度で大急がし。
十一時頃警ほう

十五日

昨夕方父より通信あり、[注10]信子にたいし心配して居る様子。
今日は坂田様、炭の配給に一俵持って来て下さった。
野菜配給ネギ一人四銭、二十八銭にて受取る。
昨日から、青物一葉もなくこまりぬいて居た。
今日は、三丁目配給所へ行ったがやっぱりだめ。
むなしくかへり、父の居りし當時を思ひ出し、
止めどもなく涙にくれる。

注8　**野菜が一葉もなく**
もともとはやおやであり、野菜は「売るほどあった」から、このような事態は想像を絶することであるとともに、からだも求めているから、子どものことを考えると、母は気が気でなく、なんとかしなければ、とあせるのであった。

注9　**切干大根**
保存食の一つとして、大根を細く切って天日に干し、切干大根を作っておいたのである。保存に関する知恵には、大いに学ぶべきものがある。

注10　**父より通信あり**
四月二十一日に届いた秘密の手紙以来の手紙だが、今度は戦地のことなど機密事項にふれていないので、正規のルートで送ることができたはずである。母のほうも、翌十六日にはオトーサン宛ての手紙を書き、十七日には投函している。

山忠様、小供達の頭をやって下さった。[注11]
夕方謝礼として、衣料切符、一枚差上た。

十六日
十一時半警ほう
今日は別にかわりなく、夜父に手紙書く。

十七日
朝九時父あて手紙出す
十一時半警ほう、Ｂ51四十機[注12]
小供達、銀行地下へ行く
ひがひなし
午後、青年學校より四月分月給二十八円也
持って来て下さった。
山本さんお見えになった。過日父と話し置きし立貝の件

十八日

注11　**頭をやって**
山忠さんはバリカンも使えたのだろうか。ますます山忠さんの存在が謎に包まれてくる。

注12　**Ｂ51四十機**
Ｂ51と記しているが、Ｐ51小型戦闘機の誤記である。

朝相葉先生、(注13)父の部隊名を、きゝにきて下さる。
前田様見廻りに来て下さった。自転車リヤカーを借りにきた。
小供疎開には何くれと御心配下され、ほんとうに有がたい。
今日は久しぶりにいかの配給、(注14)
小供達大よろこび。夜ぞうすいに入れて喰べる。
五時湯へ行く。
警ほう　十一時、十二時

十九日
九時半、空しゅう
B29　七十機
小供達地下へ急ぐ。幸ひ無事。
十二時　かい除
前田様、雷門迄疎開に付いて来て下さった。(注15)千社札受付けるとの事。
夜十一時父あて手紙書く。

二十日

注13　**相葉先生**
詳細は不明だが、たぶん南海小学校の先生で、疎開児童の名簿を作成するのに、オトーサンの部隊名が必要だったのだろう。万が一のとき（戦時下だから万が一だらけだった）に備えて、先生方としても連絡先等に漏れがないよう、必死だったのだ。

注14　**久しぶりにいかの配給**
ようやくありついたたんぱく源である。子どもたちがよろこぶのも無理はない。飢餓状態にあるときのたんぱく摂取は、たちどころにその効果を表し元気になるという。このときの子どもたちもこれで元気を取り戻し、母も、まずはひと安心である。

注15　**雷門迄疎開に付いて来て下さった**
疎開先は、栃木県の川治温泉だったので、浅草から東武線に乗り込む。浅草までは、新橋経由、地下鉄で向

昨日のパン配給[注16]に小供達大よろこび。今朝はパン食にする。
十二時　警ほう
午後　福士様の和子さん、お尋ね下さる。
過去の思出に涙にくれつゝお別れする。

二十一日
十二時十分　警ほう
今日は別にかわりなし
米の配給あり

二十二日
今日は警ほうも出ず、
智恵子　衛生會に行く。六日分乳五個頂く。
學校へ行き、疎開[注17]の話に
大山先生波本井先生にお目にかゝる。
幸ひ疎開は集団にて行かれる由、一先づ安心した。

かった。この年一月二七日、突然の銀座空襲で、地下鉄銀座駅の出入り口にも爆弾が落とされ、一時的に運転が中止されたものの、物資や人員の輸送が滞らないよう、すぐに復旧していた。鉄道を止めるわけにはいかなかったのである。

注16　**パン配給**
パンといっても、稲わらを粉末にして小麦粉や海藻を（！）混ぜてつくった代用食。今のようなパンとは似て非なるものである。ちなみに戦後になってから食べたパンもたいていはおいしいなんてものではなく、やっと配給で手に入れた「白いパン」（とぼくたちは称していた。実感だったのである）のおいしかったこと！　進駐軍から提供されたパンだったそうである。もちろん、どんなパンでも、食べられるだけでも十分幸せだったのだが。ついでに記しておくが、初めて進駐軍のチョコレートを口に

二十三日
今日は別にかわりなく。
毎日〳〵疎開の仕度に忙しい

二四日
今朝午前一時頃警ほう出る。（注18）
情ほう思はしからず地下へ行く。
四時十分頃かいじょ、
火はケーオーうらにて一時は心配いたせしも、（注19）

●メモを読み解く――なんとしても子どもは守る！

学童疎開という名の隔離

母にとっては長女であるとともに、空襲下の家で、片腕となって支えてくれた信子姉を手放すことには断腸の思いがあった。信子姉もまた、母と、自分からしてみればまだ幼い妹弟と離れ離れになるのは、あまりにもつらく、さびしく、かなしいことだった。だいいち避難するときだって、わたしがい

したとき、あまりの甘さ、おいしさに心底驚いた。ぼくたちにとってはほとんど「魔法の食べ物」だった！

注17　**疎開の話**
立て続けになるが、今度は兄・幸次の学童疎開である。母にとっては、心やさしい男の子で集団生活などできるのかという不安と、我が子を自分の手から離さざるを得ない悲しみにかられる、なんともやるせない話であった。支度で忙しいと二三日のメモに記しているが、衣類を繕ったり、いくばくかの食糧を用意したりする間も、こころはまったく休まらなかったことと……

注18　**今朝午前一時頃警ほう出る**
この夜のことは防空戦闘部隊にいた原田良次さんの日記（『日本大空襲』）に詳しく記されていて、母のメモの最後のページに記された空襲が、いかに激しいものだったかを知ること

なくなったら、母ひとりでどうするのだろうと、気が気でなかった。しかし「学童疎開」はクニが決めたことであり、(注20)すでに前の年から実施されていて、これ以上引き延ばすことは難しく、母も信子姉もいかんともしがたかった。それに、現実は、ココニイテハアブナイ！　だった。オトーサンも気にしていた信子姉の無事を願って、母も決断せざるをえなかったのである。

信子姉の疎開先は、栃木県の川治(かわじ)温泉。はじめて親もとを離れての集団生活だから、そうかんたんには馴染めるはずもない。しかも食糧が決定的に不足している時期に、食べ盛りの子どもたちがどっと入り込んでくるのだから、受け入れる側も大変である。そんな切羽詰まった状況を反映してもいたのだろうか、子どもたちのあいだには、いじめや偏見、差別が日常的に生まれ、信子姉もこれには相当ふかい傷を負わされたようである。

戦後もずっと後になって、信子姉になにげなく聞いたことがある。

「川治温泉って、姉さんが疎開で行ったところだよね」

「……」

「どんなところだったの？」

「……」

「……」はただの無言ではない。こちらをにらみつけるような、異様な反応

がでる――

「〇一二〇『敵編隊は駿河湾および相模湾より本土に近接中なり』

〇一三五東部軍管区『空襲警報発令』。東京の空に火の手があがって、高射砲の迎撃音が炸裂した。この夜も敵機は海を越え、この目前の上空に殺到した。吠えるような不気味な爆音、単機ごとの侵入、高度四、〇〇〇メートル。無数の焼夷弾が閃光とともにつぎつぎと地上にたたきこまれ、終夜空も地も轟音がとどろき、火花が散り、赤く熱気をはらんで灼けた。……いま東京の街ははげしい敵の戦意にすべてのものが焼けただれ、そこには無数の残虐と非業の死が残った。この首都はいま最も凄惨な戦場と化した。もはやこの街には一物も残るものがない。『ああこの国は……』。

〇三三〇敵機脱去。二十五日をむかえた。早朝、東部軍管区情報はまたもこの夜襲にひきつづき、艦上機来

だった。

懐かしくない？　行ってみたいと思わない？　と聞いたときは完全に信子姉の地雷を踏んでいた。

「だれが行くもんか！」

いつもは温厚でやさしい信子姉が、初めて見せる冷ややかな形相で、きっぱりと言い放ったのである。

聞いてはいけない、触れてはいけないことだったんだとすぐに気づいて話題を変えたが、しばらくはろくに返事もしてくれなかった。よほどつらいことがあったのだろう。母から離れたさびしさ、もしかしたら母から見捨てられたような思い過ごしも含めて、複雑に積み重なっていた感情が、信子姉の中で、ねじれにねじれて、そっとしてあったのかもしれない。まさに地雷状態だったのである。

信子姉につづいて幸次兄も学童疎開に行っている。幸次兄はなにも言わなかったが、まだ八歳のときのことだから、やはりこころにダメージを受けていたのだと思う。奇妙なほどおとなしく、表立って怒るということがないまま、戦後を生きていた。

また学童疎開については、こんな体験談も記録されている――「お父さん

襲公算大と警告した」

注19
ここで、突然メモは終わっている。記したのはたぶん、状況がとりあえず落ち着いた午後のことだったと思われる。この日は三田方面が大空襲に見舞われたが、そこに普段とは違う気配を感じ取った母のもとへ、妹が助っ人に来たので、メモも中断したのではないだろうか。翌日未明にはさらに猛烈な空襲が襲い掛かってくるなど、メモを広げる余裕も全くなくなっていった。

注20　**クニが決めたこと**
一九四四年六月、B29による本土空襲が始まったのを受けて、政府は「学童疎開促進要綱」を閣議決定し、親類など行く宛てのある子はそこへ疎開するようにすすめ、縁故疎開先がない都市部の生徒を、より安全と思われる地域に疎開させることにし

お母さんお休みなさいって大阪の方を向いて一斉に挨拶してから寝るんですけど、あちこちでしくしくと泣き出す声が聞こえました。お母ちゃんお母ちゃん迎えに来て、帰りたいなんて言えないですよ。非国民ですよ、それを言ったら」(関西の学童疎開の実際を語り継ぐ「国民学校と学童疎開を考える会」のNHK取材記録から吉田房彦さんの談話。同会は会員高齢化のため二〇一九年に解散されている)――小学生が親もとを離れて暮らす寂しさや、いつ終わるともわからない(!)集団生活を送る不安感には、想像を絶するものがある。

＊参考――疎開から戻ったら「戦災孤児」になっていた子も

学童疎開のことでもうひとつ。今は亡き名エッセイスト種村季弘さんのお弟子さんから聞いた、忘れられない話がある。あるとき、池袋駅西口から広場に出たところで、種村さんはそのお弟子さんに「戦争が終わり、学童疎開から帰ってこの駅頭に立った時、迎えに来るはずのお母さんが見つからない友だちがいてねえ、そこへ親戚のひとが駆けつけてきて、家が焼夷弾で燃えてお母さんもやられたっていうんだよ、すでにお父さんは戦死していてね、つまりその子はやっと学童疎開から戻ってきたそのとき、『戦災孤児』になっていたんだよ」と、さいごのほうは胸を詰まらせて話してくれたそうだ。

た。東京都からは八月に第一陣が出発、翌一九四五年三月には「学童疎開強化要綱」を閣議決定し、集団疎開を強力に推進、全国で約六〇万人が疎開したと推定されている。

疎開生活は、親元から離された子どもたちにとって、現地での食糧不足、言葉や習慣の違い、いじめ等、想像を絶するつらい体験となり、こころに深い傷を負った子も少なくない。今もその体験を語り継ぎながら、戦争のリアルな側面を追求する「全国疎開学童連絡協議会」という団体があり、その会報「かけはし」を同協議会ホームページから読むこともできるようになっている。

お弟子さんは、あまりにも哀しい話なので、びっくりして種村さんを見ると、種村さんの目から涙があふれ出ていた。それを見たこのお弟子さんは、戦争のことを何にも知らなかったこと、そして知らなければと思って、これから自分がやるべきことをその場でこころに決めたそうだ。

ぼくも種村季弘さんとは、分野を限らずずいぶん長いお付き合いをさせてもらったが、戦争のことはまるで聞かなかったし、涙を見せるなんてありえないことだったから、このお弟子さんの話はとても印象深いものだった。ちなみにこのお弟子さんは、今も「反戦」を根底に据えた活動をしている、文学者の池田香代子さんである。

心強い助っ人が母のもとに駆けつけてきた！

五月二十四日のメモには、焼夷弾による空襲は慶應大学の裏手まで迫ってきた、と記してあるが、警報は解除されたものの、母は安心したわけではない。この空襲に尋常でないものを感じ取っていたのだ。だいいち、飛んでくるB29の数がハンパじゃなくて（実際には五六〇機だったと発表されているが、それだけたくさんの爆撃機がいったいどのように飛んでくるのか、想像を超える猛攻というほかあるまい）、いつ終わるのか予断を許さなかったし、焼夷弾も、アメリカ軍の記録では、三六〇〇トン、なんと、七万四六一七発だったというから、これも想像を絶する。

それでも落ち着いてから手帳に向かった母が、ここまで記したとき、なんと、母の妹が駆けつけてきてくれた。

「ねえさん、だいじょうぶ？　こどもたちは？」

「オトシ、おまえ」

「もう、心配で心配で」

「よく来てくれたねえ」

「滝野川も、行ってやれって」

「ありがとうよ」

おトシおばさんは、当時、北区滝野川で、奉公ばたらきをしていて、自由になる身でもないのに、居ても立ってもいられず、許しを得て、駆けつけたのだ。母にとっては、絶対の味方であり、こんなに心強い助っ人はいなかった。涙もろいふたりは、涙をいっぱい溜めながら、無事の再会をよろこびあった。

「おトシが来てくれるなんて、カミもホトケもいたのねえ」

「何を言ってるんですか、ねえさん、わたしもここへ来ることができて、どんなにうれしいか」

「そう言ってくれるんだね、やっぱりおトシだわ。あれ以来だねえ」

「あっという間の五年、って言いたいとこだけど……」

「あのときはほんとにウキウキさせられたわ」

「まさか、五年でこんなことになるなんて」

「花電車まで出てねえ」

ふたりが五年前と言っているのは、母がずっと後になって、しきりに言葉に出した「紀元二六〇〇年」のお祭り騒ぎ(注21)のことである。

「そうそう、人形や提灯で飾った花電車。あれを見て、まるでサイスケの誕生を祝っているみたいって、おトシは言ってたわね」

「だって、とってもはなやかだったし、ほんとにそう思えたんですもの」

ぼくのすぐ上の兄・才介は、まさに「紀元二六〇〇年」のお祭りとほぼ時を同じくして生まれたのであった。

「シゲボウはまた、とんでもないときに生まれたものねえ。ペケだわ」

「そんなこと言うもんじゃないよ」

「いいのよ、この子はペケって呼ぶわ。だいじょうぶよ、姉さん、この子は大丈夫」

注21 **「紀元二六〇〇年」のお祭り騒ぎ**
一九四〇年が神武天皇即位から二六〇〇年にあたるということで、戦意高揚を企図して催された、一連の国家的祭典で、提灯行列(南京陥落のときの提灯行列もよく知られている)なども行われた。「一億一心」のスローガンにふさわしいお祭りだった。

「ペケって言ったり、大丈夫って言ったり」
「空襲から逃げるときはわたしがペケをおぶるわ」
「そうしてくれるとたすかるわ」

＊参考――紀元二六〇〇年と南京陥落の提灯行列

一九四〇年一一月一〇日、「紀元二千六百年式典」が、宮城前広場に設営された神殿造の会場で、天皇臨席のもと行われ、以後一四日まで関連行事が続けられ、「一億一心」を体現させるがごとくであったという。実はこれに合わせて「第十二回オリンピック東京大会」と「第五回冬季オリンピック札幌大会」が開催される予定だったが、日中戦争の深刻化で中止、同じく開かれる予定だった万博は延期された。その一方で、花電車は走り、提灯行列や旗行列などがにぎやかに行われ、バンザイバンザイ気分が続き、とてもその後の厳しい空襲など、想像もできなかったことだろう。一五日には「祝ひ終つた、さあ働かう！」のポスターが街中に貼られ、お祝い気分は一気に覚まされたのである。

紀元二六〇〇年の三年前、一九三七年一二月、日本軍が中国の南京を攻略した「南京陥落」のときも、国を挙げてのお祭り騒ぎが起こった。このときの提灯行列が、いかに昂揚した雰囲気の中で行われたか。教育現場の一シーンから描き出した作品がある。三浦綾子の『銃口』（小学館文庫）の一節である。同じ年の学期末に一年間の思い出を生徒に語らせたあと、生徒から南京のナの字も出てこなかったことに対して、校長が教員たちに憤りをぶつける。「南京入城の際の全国民の感激、各地で提灯行列が行われたこの事実が、生徒たちの口から出てもいい筈じゃありませんか。先生がたは、一体全体戦争を何と心得ておられるのですか……畏きあたりの大御心を、諄々と語り聞かせてやらんのですか。きょうの生徒たちの、一年間の最も印象に残った話を聞きながら、わたしは情けなくて情けなくて……」

すでにこの頃には戦争、つまり結果的には、公表されているだけでも三〇〇万をゆうに超える戦死者（民間人を含む）を出し、大空襲で焼き亡ぼされることになる急坂を転げ落ちはじめていたのであった。

作家・永井荷風さんはこの年（一九三七年）八月二四日の日記に記している（『断腸亭日乗（下）』）――「余この頃東京住民の生活を見るに、彼らはその生活について相応に満足と喜悦とを覚ゆるものの如く、軍国政治に対しても更に不安を抱かず、戦争についても更に恐怖せず、むしろこれを喜べるが如き状況なり」と。南京陥落の提灯行列を予言したような、冷静といおうかシニカルといおうか、さすがの荷風さんなのである。

五月二五日の大空襲を逃げ切る

おトシおばさんが訪ねてきたその翌日、つまり五月二五日の夜一〇時過ぎ、警戒警報が鳴り[注22]、母の予感どおり、「情報おもはしからず」、B29は大挙して向かってくるようだった。

すぐに銀行地下へ、おトシおばさんと子どもたちを誘導して、自分はいったん家に戻り、情報を正確につかもうとした。子どもたちはおトシに任せておけば大丈夫。落ち着いてラジオから聞こえてくる情報を受け止めてみたものの、もしかしたら昨夜より激しい空襲になるかも、とハラを決めて地下へ戻ろうとした。サーチライトがぐるぐる、隙間なく上空を照らしつづけている。昨夜のことがあるから必死の照明である。

程なくして警戒警報が空襲警報に切り替わった。

地下に入る母だったが、今夜はもしかしたらゆうべよりひどい空襲になるかもしれない、もし大量の焼夷弾がそこらじゅうで火を噴いたら、堅牢な地下といえども、安心はできない。まるごと焼かれたりしたら大変だから、逃げ出すことも考えなくては、と、警戒おさおさ怠らない母だった。

注22　**夜一〇時過ぎ、警戒警報が鳴り**　山田風太郎さんの日記（前出）に記されたこの夜の大空襲──「時に十時。警報またもや発令。……がばとばかり起き上り、かくて先夜につづいで、いや先夜にまさる炎との大悪戦が開始されたのである。敵はまず照明弾を投下して攻撃を開始した。三十分ほど後には、東西南北、猛火が夜空を焦がし出した。とくに東方──芝、新橋のあたりは言語に絶する大火だった。中目黒のあたりも燃えているらしい。ザアーアッという例の夕立のような音が絶え間なく怒濤のように響く。東からB29は、一機、また二機、業火に赤く、また探照燈に青くその翼を染めながら入って来る」

実際この夜の空襲は、Ｂ29が五〇〇機、投下焼夷弾三三〇〇トン、と昨夜とほとんど変わらない猛攻だった。しかも昨夜よりはるかに近くで、焼夷弾が雨あられと降り注いでいるのが、外の騒ぎから読み取れた。

留まるべきか、逃げるべきか。このとき母の頭の中には、三月一〇日の下町大空襲に関するリアルな情報が、浮かび上がっていた。焼夷弾の猛攻で生じた火災が、すごい熱風を巻き起こし、安全地帯と思って逃げ込んだ人たちを焼き亡ぼしたという話であった。この大空襲に安全地帯なんてないんだと、あらためて自分に言い聞かせた母は、極めて危険で大胆な行動を選んだ。

おトシがいるんだし。

「おトシ！　逃げるよ！　おまえは茂夫をおんぶして、道子の手を引いて、わたしは智恵子をおぶって、サイボウの手を引くから」

「ねえさん、外へ出るなんて」

「ここであぶられちゃうかもしれないんだ。[注23]こうなりゃ逃げまくってやる。おトシ、たのむよ！」

「ねえさん、わかった、わたしはねえさんを信じているから」

外へ出てみると、すでに町は火の海。Ｂ29の轟音と、立てつづけに発射される高射砲の激しい音が交錯し、サーチライトも照明弾も夜空を真っ赤に染

注23　**あぶられちゃうかもしれないんだ**

三月一〇日の大空襲で、防空壕に逃げ込んだはいいけれど、そのまま蒸し焼きにされた人も少なくなかった、という話をどこかから聞いていた母は、普段だったらこの種のウワサ話には耳を貸さなかったのだが、この時は、前夜の空襲からただならぬものを感じていただけに、できるだけのことをやって逃げ延びようと、心に決めたのである。

め上げている。母は、慶應大学と逆方向の札の辻のほうに向かって走り出した。おトシおばさんもぴたりとくっつくようにして走る。

火の粉が狂ったように空を舞い、炎が地を這って迫ってくる。

「ペケ、ペケ、大丈夫だよ、ペケ」

声も出ないぼくは、ただただおトシおばさんの首にしがみつく。

なんとか札の辻の陸橋の上にたどり着いて、振り返って町を見渡すと、町なんてどこにも見えず、炎だけが広がっていた。逆に陸橋の向こう側は、まだ、炎の膜に隙間があるように見えたのだろう、母はそちらのほうに歩き出した。走り詰めでくたびれていたろうし、少し安心したのかもしれない。

こうしてぼくたちは、この大空襲で焼き亡ぼされずに済んだ。母の機転と決断、そして幸運にもおトシおばさんの助けがあったおかげである。

ちなみにこのおトシおばさんは、戦後になっても、少年になっても、ぼくの呼び名を「ペケ」で押し通した。とんでもないとき（戦争がどんどんひどくなってゆくとき）に生まれたけど、へこたれちゃあだめだよって言われているみたいだった。

ぼくもまたおトシおばさんには、不思議な親しみを感じていた。そりゃそうだ。ぼくはおトシおばさんにおぶわれて、おトシおばさんと一緒に、生きるか死ぬかの、文字どおりの間隙を縫ってきたのだから。火の粉も舞う、炎の町を走り抜けたのだから、どうころんだって、特別なひとだったのだ。

連日連夜の猛襲猛爆、なにもかも焼き亡ぼそうと

東京を焼き亡ぼそうと、焼夷弾をしこたま積み込んで、遠くサイパンのほうから飛んでくるB29は、やられる方から見れば、なんども書くが、まさしく悪魔に外ならなかった。

二四日の大空襲は想像を絶する猛攻であり、逃げようとするその先々に更なる焼夷弾が落とされていく、まるでゲームで遊ばれているような光景だっただろう。

しかも、その翌日の二五日夜もさらに同じような激しい焼夷弾攻撃があり、家の地下などに掘る簡易防空壕など、クソの役にも立たないし、頑丈そうな防空壕でも想像力の及ばないような猛火に包まれたらどうなることか。それで外へ出て、火のない方に逃げても、そこに猛火が襲いかかってくる

最後の手段、火と火の間を縫って走る！

それしかないではないか。

子を守る母は、どれだけ必死に逃げまわったか、それを思うと、今ここに

いても、ガンバレカアチャン！　と言いたくなる、叫びたくなる。

母が、まぎれもなくひとりの母でありつづけた、ぎりぎりのシーンだ。男たちが戦場で、オノレを消去していかなければならなかったのとまったく対照的に、母親たちは、幼い子を持つ母としてのオノレを、絶対に確保していなければならなかったのだ。

第2部・呆然オトーサンと颯爽オトーサン

オトーサンが帰ってきた

リュックを背負った兵隊さんが

角を曲がって、リュックを背負った兵隊さんが、急ぎ足というのでもなく、一歩一歩を踏みしめるように近づいてくる。

父チャンだ！——なぜ、そのひとがオトーサンだとわかったのか。出征してゆくときのオトーサンが、二歳児だったぼくのどこかに刻み込まれていたとしか思えない。夏を思わせる陽射しがスポットライトとなって、帰ってきたオトーサンを浮かび上がらせる。

記憶の糸はそのあと、家の中に迎え入れられたオトーサンがリュックを開けて、取り出してくれたたくさんのカンパン(注1)へと、つながっていく。四六時中ハラをすかせている子どもにとって、これはすごい「おみやげ」だったし、オトーサンが身近にいるのがどういうことかを、あっという間におしえてくれるできごとだった。なんともこころ強い味方が助けにきてくれたかのようだった。

注1　**カンパン**

小さな乾パン。非常食として今も重宝されている。ぼくは学生時代（一九六〇年代）に安く購入したカンパンを食べて、たちまちオトーサンからもらったカンパンの味が蘇ってきたのに驚いた。そのとき「サンリツ」というメーカー名も覚えてしまったが、今調べてみると、戦時中にも糧食・非常食として生産されていて、今も自衛隊に納品されているとのことである。オトーサンは復員するときに余りものとして入手し、それを子どもたちのために持ち運んできたのだろう。とてもおいしかったのは、いうまでもない。

そこまでは、今でも像を結ぶことができるのだが、さて、母がどのようにオトーサンを迎えたのか、さっぱり記憶にない。母はそれこそ頑固に、と周囲からあきれられるほど、オトーサンが生きて帰ることを信じていたとはいえ、いつ、どのように帰ってくるか、具体的に考えたことなどなかったから、敗戦数か月後の突然の帰還には、唖然呆然……

少なくとも、人目を憚（はばか）らず抱きついたり、歓喜の涙を流すといったことはなく、むしろ傍目（はため）には、平然と出迎えたように見えたのではなかろうか。

ぼくの記憶に残らなかったのも、無理からぬことで、母はもともとそういうタイプの、つまり人前では感情をあらわにしないタイプの人だった。けっこう泣き虫のわりに、いざとなると沈着冷静を装えるひとだったのだ。実際には、気持ちはどんどんたかぶって、激しく揺れ、落ち着かないどころでなく、興奮さめやらぬ状態だったのだと思う。あれほど待ち焦がれていたオトーサンが、無事に帰ってきたのだから。

軍服を脱ぎ、脚にきつく巻いたゲートル(注2)をほどききってひと息つくオトーサン。そして、水でたっぷり濡らした手ぬぐいを絞って、オトーサンのからだを拭く母。内心ではもうこんなことはできないだろうと思うところもあった母にとっては、至福の時間がどんどんふくれあがっていく――

注2　**ゲートル**
脚の脛の部分を中心に布でぐるぐる巻く脚絆（きゃはん）。徒歩による行軍が多かった陸軍の必須アイテムだったが、巻いたりほどいたりするのに時間がかかったことや、脚が蒸れたりすることから、現場での評判は芳しくなかったという。しかしそのような兵士の実感が上層部に取り上げられることはなかった。精神力で克服できるはずだと一蹴された。オトーサンの脚の傷も、復員後初めのうちは、ゲートルのせいだと、ぶつぶつ呟いていた。

しかし、しかし、なのである。
オトーサンの反応は鈍かった。
狂喜乱舞とはいかないまでも、家族との再会を大よろこびすると思ってい
た母は拍子が抜けて、ナンナノコノヒトハ！　しかもオトーサンの反応の鈍
さは一時的なものではなく、そもそも感情というものが失われてしまったの
ではないかと、母が疑うほどだった。

床屋の女主人が駆けつける

ところで、オトーサンが帰ってきたのは、出征時の三田同朋町の家ではな
く、そこから二〇〇メートルほど離れた仮住まいだった。オトーサンにとっ
てはまったく現実感のない「家」であり、夢の中をさまよっているような感
覚だったのかもしれない。
その隣には、オトーサンが遺髪を刈ってもらったのとは別の床屋があって、
孤独な母は、そこの女主人(注3)のめちゃくちゃな、それこそ嘘八百だっておもし
ろおかしく並べ立てる、支離滅裂にして縦横無尽なおしゃべりに元気づけら
れ、それと表裏一体をなしていた涙もろさに励まされ、敗戦前後の苦境をな
んとか乗り越えてきたのである。

注3　**女主人**
とても活発で散髪のウデもよく、心優しいひとだったが、対照的にご主人は引っ込み思案で、散髪のウデもいいとは言えず、長男もまたおどおどしたタイプの、おとなしすぎる人で、なんとも不思議な一家だった。

オトーサンが帰ってきたという気配を嗅ぎ取った床屋の女主人はすぐに駆けつけてきた。

「よかったわねぇ、よかったわぁ」

女主人は母の手を取って、涙をあふれさせた。

「おかえりなさい、よく帰ってきたわね」とオトーサンにも涙を見せる女主人。困ったのはオトーサンである。なにしろ、床屋の女主人とは初対面だったのだから。

ろくに挨拶も返せないオトーサンを見て、母があわてて言い訳する。黙っていたらどんなウワサが町を駆け巡るか、知れたものではない。あのオトーサンは戦地でアタマがおかしくなったらしいとか、その原因にまで話が及んで、ああでもない、こうでもない……

「はじめは同朋町のほうに行ったんだって。そうしたら家がなくなっていて、そうとうあせったらしいわ」

「そうか、そうよね、そりゃあ心配するわ」

「まさかとは思ったけど、焼け跡の気配はないし、同朋町の近所のひとに聞いて、ここがわかったんだって」

「近くてよかったわ、ねえ」

女主人はオトーサンにも声をかけたのだが、オトーサンは「ええ、まあ」だけ。まるきり浦島太郎状態で、床屋の女主人は、まあ無理もないか、戦地から帰ってきたばかりだもんね、とひとり合点して床屋へ戻って行った。

三田同朋町の三階建の家は、父が出征してほどなく、「建物疎開」(注4)の憂き目にあった。空襲が激しくなり、焼夷弾がこれでもかという勢いで落とされ、そこらじゅうから火の手があがるようになったとき、すこしでも被害を小さくしようとして考え出された、最後の手段としての「建物疎開」、つまりは打ち毀しである。否も応もない命令であり、軍人にとどまらず、町の有志たちが忠実に、勇んで命令を現実のものにしていった。ちなみに、山田風太郎さんの『戦中派不戦日記』にも、風太郎さんが打ち毀しに精を出しているようすがありありと描き出されている。「火の海」を小さくし、戦に「負けない」ためには必要なことと納得したうえでのことである。

建物疎開について今では、ほとんどなかったことのように、無視あるいは軽視されているが、当事者たちにとっては情け容赦のない「銃後」の現実だったのである。

注4 **「建物疎開」**
柱に綱をかけて、大勢でいっせいに引いて建物を倒したりして空地を作る打ち壊しが行われた。永井荷風さんは自分の住居である「偏奇館」が空襲で焼けた後、たまたまその跡地のあたりを通ると、兵士たちが穴を掘っているので、士官に聞くと「都民所有地の焼跡は軍隊にて随意に使用することになれり」という。その横暴なることに憤慨した荷風さんは記す――「われらは唯その復讐として日本の国家に対して冷淡無関心なる態度を取ることなり」(『断腸亭日乗(下)』)。

ココロココニアラズ
オトーサンが戻ってきたおかげで、日々活気を取り戻していく母と対照的に、オトーサンは戻ってきた日を頂点に、だんだん元気がなくなっていくようだった。

召集令状を受け取る前、同朋町の三階建ての家で八百屋を営んでいたころのオトーサンは、「このご時世に」という白い眼をものともせず、麻雀やら酒タバコをたのしむ「非国民」でもあったが、そんな非難もなんのその、持ち前のノンキとヒョーキンで、母とともに戦時中の日々をしのいでいた。母はそんなオトーサンに全幅の信頼を置いていたから、出征疲れがたまっているだけで、そのうち元気になるさ、と自分に言い聞かせていた――戦地で何かを無くしてきてしまったのなら、それでもいい。同朋町時代ほどでなくても、とにかく元気なオトーサンであってほしい。しっかりしてよ、オトーサン！

しかしオトーサンにしてみれば、なにもかも、きれいさっぱり失われていたから、何をどうしたらいいか見当もつかず、母に言われるまま、かつてのご近所さんのところへ復員の挨拶に行ったり、役所で復員の報告かたがた、わけのわからない手続きをしたりして、時が流れてゆくままに過ごしていた。

とまあ、そこらへんまではまだよかったのだが、あわただしさがすこし落ち着いてくると、ココロココニアラズ状態がむしろ際立ってきて、母には、しっかりしてよ、オトーサン！　と背中を叩かれ、反撃しようにもオノレが見当たらないから、まったくのお手上げ。右往左往することもできずに、じっと立ち止まったまま。

戦地に行く前のオトーサンのことをよく知っている、同業者のタカハシさんも、オトーサンのただならぬようすにびっくりして、母にこんなことを言っていたらしい。

「どうしちゃったんだろ。あのキュウサン[注5]はどこに行っちゃったのかね。口をほとんどきかないって、まずこれが信じられないよ。おしゃべりがじょうずでね、冗談もうまい。お客さんにはモテてモテて、そりゃあうらやましかったくらい。戦地で何があったんだろうね。ずいぶんひどい目にあった人も、相当いるらしいからね。でもね、そのうちよくなるよ。キュウサンはやっぱりキュウサンでなくっちゃ」

オトーサンは出征先の五島列島の海に、おしゃべりを流してきてしまったのだろうか。あるいは戦争のコトバ[注6]に本来のおしゃべりを完全に封じ込まれてしまったのだろうか。

戦争のリアルな一面である。

注5　**キュウサン**
やおやとしての屋号がもともとは「八百久」であり（オジイチャンの代からは『三田久』になった）同業者からはキュウサンと呼ばれることが多かったのである。

注6　**戦争のコトバ**
子どものうちから叩き込まれた『教育勅語』やそのおおもとにあった『軍人勅諭』、戦時中に作られた『戦陣訓』に代表されるコトバ。

大きすぎて深すぎて、当人も周囲も、それが傷だとは気づかないまま、オトーサンはオノレを失い、呆然オトーサンになり、時がとうとう流れてゆく……

オトーサンのリハビリ

　仮住まいからオジイチャンの店までは、わずか一〇〇メートルほど。すぐ近くだったし、オジイチャンはほとんど毎日のように仮住まいを訪ねてきて、オトーサンのことを心配してくれた。

　しかし一向に元気にならないオトーサンを見たオジイチャンが、これじゃあまるで腑抜けじゃ、と見るに見かねて手を差し伸べると、以前には考えられなかった素直さで、待ってましたとオトーサン、オジイチャンの店の、仕入れやら荷解き、陳列などを手伝うようになった。かつてはその店で、そのようにして手伝っていたのだから、オノレを取り戻すための絶好のリハビリになるはずだった。

　もっとも、仮住まいにも、裏通りに面して広い土間があり、しかるべき野菜と、オトーサンが元気なオトーサンでありさえすれば、まがりなりにも「やおや」が再開できるようになっていたのだが、オトーサンはどうしても、土間にドーンと店を構える気持ちにはなれないようだった。

「キュウサン、どうするつもりなんだろ。ま、いろいろと考えてるんだろうけど」

たびたび訪ねてくる同業者のタカハシさんは、自分たちのいわばリーダー格だったオトーサンの意気粗喪ぶりに、気が気でないようす。

「考えてなんかいないわよ」

冷たく言い放つ母にタカハシさんは驚く。

「でも、しかたないわ。同朋町がなくなったことだって、まだ信じられないことなのよ。それに、まさかよってたかって壊される(注7)なんて、考えもしなかったでしょうし」

「キュウサンのあの羽振りが、ぼこぼこにされたようなもんだもんな」

「無事に帰ってきてくれただけでも、ありがたいって思わなくっちゃ」

オトーサンには、ほんとうに激変だったのであり、そう簡単には受け入れられないことだらけだったのだ。

注7 **よってたかって壊される**
建物疎開の地域に指定されると、容赦なかった。軍人だけでなく、近隣の人たちも集まって、威勢よく建物を壊していった。疎開地を選ぶ責任者は、あいまいにされていたようだ。恣意的な側面もあったのではないかと疑っているが、いまでは追及のしようもない。

紙芝居が家に入ってきた！

はじめて知った颯爽オトーサン

ただ、ときどきは同朋町時代の感覚が、ふっとよみがえり、ワレにかえるときもあった。そんなときはオトーサンが、実にもう、颯爽としたオトーサンになって立ち現れるのであった。ネクタイをしめ、スーツを着こなして闊歩しているかのようなオトーサンである。

はじめてそんな颯爽オトーサンの存在を知ったのは、ぼくが熱を出して布団にくるまっていた日のことである。

夕方になり熱もおさまってきたとき、外から拍子木の音が聞こえてきた。聞きなれたリズムで打たれる拍子木だ。

紙芝居のおじさん(注1)が来た！

紙芝居！　夢ものがたりの世界……その世界が今、すぐそこに来ている。そう思うとにわかに元気も出て、起き上がろうとした。ところが母は、熱があるのに出かけるなんてとんでもないことと一蹴し、許してくれなかった。

注1　**紙芝居のおじさん**
自動車の荷台に紙芝居と、水あめを入れた箱などを載せて、一定の地域をまわり、決まった場所に自転車を停めて行われるのが、街頭の紙芝居だった。水あめなどの代金がすなわち見物料であった。

「なおりかけがいちばん大事なんだよ。外に出て突っ立っているなんて、とんでもない！」

やがて拍子木が鳴り止んだ。ということは、いよいよ紙芝居の始まりである。紙芝居は、紙芝居のおじさんが、ひとりでいろいろな声を使い分けたり、子どもの反応を見てアドリブを入れて笑わせたりする、ライブのエンターテインメントだったから、その場にいなければ、だめである。しかしあせったところでどうにもならない。泣きわめくしかない。

そこへ、オトーサンがたまたま戻ってきて、母にたずねた。

「どうした？」

「紙芝居に行きたがって」

「あの拍子木の？」

「そうですけど」

「よし！」

オトーサンの顔色が変わった。なんだかこれまでのオトーサンとは別人のように、いきいきとしてきた。そして、ためらうことなく、さっと、外へ出て行った。

しばらくして戻ってきたとき、なんと、紙芝居のおじさんが一緒だった。

しかも、自転車ごと、つまりは紙芝居ごと、土間に入ってきたのである。

奇跡の紙芝居

なんだ、なんだ、なんなんだ！

紙芝居のおじさんといえば、ぼくたちにとっては、紙芝居のヒーローとその存在がダブる大スターだったから、すぐ目の前に現れるなんて、ありえないことだった。

もしかしたら——紙芝居が始まる！

えーっ、うそだろ——ありえない展開だった。

それでもちゃっかり上がり框（かまち）に腰をかけ、さっさとこの奇妙な状況を受け入れて、紙芝居が始まるのを待ち構えた。

紙芝居のおじさんはおもむろに、冒険ものの紙芝居を始めてくれた。

客はぼくひとりである！

紙芝居のおじさんは、大勢の子どもたちを相手にしているときと同じように「そのとき現れたのは、なんと、おそるべし！　黒ヒョウのレパードだった！」などと大いに盛り上げ、黒ヒョウのうなり声まで演じながら、黒ヒョウになっていった。

ぼくは黒ヒョウと闘う少年になり、紙芝居のおじさんの声と向かい合った。

こころはどんどんたかぶっていったが、やがて紙芝居のおじさんは、巧みにトーンを下げて、このつづきはまたあした、というところまできた。

思わず手を叩いたぼくに合わせて、オトーサンも手を叩いた。

紙芝居のおじさんはぼくと並ぶようにして上がり框に腰をおろした。

ぼくにとってはまだ夢がつづいているようだった。

オトーサンに促された母が、台所から西瓜（すいか）をひと切れ持ってきて、紙芝居のおじさんに手渡した。

「どうぞ」

真っ赤に熟れた西瓜である。

「すごい！　こいつぁ、すごい！」

「わざわざ来てもらったんだから」

「いやいや、いやいや、まさか、こんな」

紙芝居のおじさんは上機嫌。オトーサンも珍しくハツラツとしている。

「おじさんの紙芝居、なかなかのもんですね」

「そう言われると、ちょっと」

「素人じゃあないですね」

注2　**映画の弁士**
トーキー以前の無声映画時代に、映像に合わせて音声を発していたのが弁士である。今ならさしずめ声優だが、新聞広告に、映画のタイトルより弁士の名前の方が大きく掲載されることもあるほど、注目されていた。

「えっ、わかります?」

「調子が違うから」

「実はわたし、昔ね、映画の弁士(注2)をやっていたんですよ」

「やっぱり」

「やっぱりって?」

「紙芝居の調子から映画を思い出したんで。わたしもけっこう映画が好きでね。この近くの芝園館(しばぞのかん)(注3)にもよく行っていたから」

「おっ、芝園館ですか、わたしもあそこでやったことあります」

「じゃあ、聞いたことがあるかもしれない」

「だとしたら、こりゃ奇遇ですね」

　キグウの意味はわからなかったけれど、オトーサンも紙芝居のおじさんも、気を高ぶらせているのはわかった。

「芝園館は焼かれなかったけど(注4)」

　紙芝居のおじさんは、そこで黙りこんでしまった。会話がふっと途切れ、紙芝居のおじさんは帰り支度にとりかかりながら、挨拶をした。オトーサンもお礼を返した。

　紙芝居は終わったのである。


このような弁士の存在があったので、日本には「無声」映画はほとんどなかったといえる。

注3　**芝園館**
仮住まいから歩いて一〇分ほどのところにあった、東宝の封切館。スクリーンの前に、弁士や、楽隊も入れるような舞台があり、二階席は、左右の席がスクリーン手前まであって、ずいぶん広い映画館だった。弁士としては一番人気の徳川夢声や「漫談」の創始者・大辻司郎も、この芝園館に出演している。ぼくはこの映画館で『ゴジラ』を封切初日、朝一番で観た（自慢なのである!）。

注4　**芝園館は焼かれなかった**
アメリカ軍は、戦後のことを考慮して、芝園館には爆弾も焼夷弾も落とさず、自分たちのエンターテインメントのために残しておいたんじゃないかというウワサが流れていた。

それにしてもすごいできごとだった。オトーサンは病気の子どものために、貴重な西瓜を代金にして、紙芝居の独演会を開いてくれたのである。夢のような時間だった。

オトーサンにとっても、実は、働き者で、子煩悩で、エンターテインメント好きで、ようするに颯爽としていた同朋町時代の記憶を、一気に蘇らせた、奇跡的な時間だったのである。

さあ「やおや」の再開だ

紙芝居事件がきっかけにもなったのだろうか、オジイチャンの店をオトーサンが引き継いで、本格的に「やおや」を再開しようと、家族まるごとオジイチャンの家へ移り住むことになった。引っ越し先のオジイチャンの家は、今のJR山手線・田町駅前の大通り、第一京浜国道、すなわち旧・東海道、現・国道一五号線を駅側からまっすぐ渡った正面に位置する、木造モルタル二階建ての、こじんまりとした家だった。

とはいえ、裏通りの仮住まいから、路面電車やクルマが往き来する大通りに面した家に移ったのだから、環境はがらりと変わった。同じ町（港区芝田町）の一丁目から二丁目へ、距離にして一〇〇メートル足らず、大八車[注5]と手

注5 **大八車**
大きな木製の二輪荷車で、前方に枠があり、その中に人が入って、引っ張るだけでなく、進む方向を調整して動かした。荷物が多い時や重い時は、荷車の脇や後ろに人がついて、進むのを助けた。

運びで十分な引っ越しだったが、まるで別の町へ移動する大掛かりな引っ越しのような気分だった。

　戦後三年目、ぼくが五歳の夏のことだった。

　一階の土間が「やおや」で、その奥に三畳間と台所、二階に六畳二間、ひとつはオジイチャンとおばあちゃんの部屋、もう一間が兄や姉たちの部屋である。ぼくは妹や両親と店の奥の三畳間で寝た。自分の部屋など、もちろん、ない。

やがてペケは小学校へ

「ペケ」とおトシおばさんに言われていたぼくだが、なんとか「空襲と火の海」から護られ、ひもじさは当たり前のこととして、とにもかくにも育ててもらって、敗戦から五年たらずの一九四九年春、すぐ近くの小学校(注6)に入学した。そこまで、誰ひとり焼き亡ぼされることもなく、そんな日を迎えることができたのは、母にとって、まさしく奇跡的なことであった。

　入学式の日に、家の裏にある写真館で、兄や姉たちと、子どもたちだけの記念写真を撮ったのも、母のそんな気持ちの現れだった。呆然オトーサンにこの写真を見せて、ホントは子煩悩なオトーサンの「オノレ」を元気づけよ

注6　**すぐ近くの小学校**
入学したときは創立七十数年を経ていた、港区立南海小学校。狭い敷地に木造二階建ての校舎。校舎は大きなつっかえ棒で支えられているという、いかにも古い、一学年二クラスのこぢんまりした小学校だった。さすがに校舎の老朽化が危惧されたのか、六年生の時に新しい校舎が近くに建てられ、卒業式だけ、その新校舎で行われた。ちなみに今は影も形もなくなってしまった。

うという思いもあったのだろう。

さてその小学校だが、担任の先生は、オトーサンと同じような背格好で、年齢もあまり違わなかったと思うが、バリバリやるタイプではなく、どちらかというと呆然オトーサンに似た雰囲気をまとっていた。何をおしえてくれたのか、少なくとも記憶に残るようなシーンはなかった。新しい教育に対する情熱とか熱意とかは、微塵も感じられなかったし、敗戦を境としたクニの急回転に振り落とされまいと、それだけで精一杯だったのだろう。

夏休みに入る前、近所の立ち飲み居酒屋で、のれんの外から、その先生の姿を見つけた。思わず、先生！　と呼びかけようとしたけれど、やめた。コップの受け皿にこぼれた酒を、余さず飲もうとしていたからだ。なんとも冴えない姿で、こっちは、子どもながらに見てはいけないものを見てしまったような気分になっていた。でも先生にとっては、もうそんな見てくれはどうでもよくて、そのとき先生は先生であることをかなぐり捨てて、サケと真剣に向かい合っていたのだと思う。学校帰りとはいえ、すぐ近くの居酒屋に飛び込んでしまうほど、サケを飲みたかったんだ――

そうだ、その通りだ、あんな気取った授業なんかしちゃってよぉ、ついこの前まで、おクニのため、陛下にいのちをささげることこそ、なんてさとしていたおれが、どのツラ下げて「あいうえお」ってえ書き方をおしえられるんだよ。どんなときでも、「あいうえお」をしっかりおしえて、本を読んであげればよかったんだ。

でも先生はちゃんと「あいうえお」をおしえてくれましたよ。おかげで本を少しずつでも読めるようになりました。

そりゃあ今は『教育勅語』も暗唱させないでよくなったし、少しはまともな先生になれると思うけど、むかしやったことは、取り消せるわけじゃない。おしえた子どもたちのうち、いったいどれだけ戦争へ行って、どれだけ死んじまったと思うんだよ、すべてサケといっしょに流れっちまえばいいんだけど、そうもいかねえんだな、これが。

けっきょくその先生とは一年限り。何があったのか、先生自身からもろもろ聞くことはできなかったけれど、とにかく一度も怒ることがない、やさしい先生ではあった。

呆然オトーサンに似たひとたちが町にあふれていた

中学校へ行ってからも、いま思えば呆然オトーサンとよく似た先生たちに出会った。なかでも、おでこの広い、鼻眼鏡をかけた英語の先生からは強烈な印象を受けた。まともに教科書を開いて英語を読むときは、カンペキ！といいたくなるほどのカタカナ英語で、しかもほかの時間は、英語に関係ない、虫食い算などのパズルばかり。あの先生が何を考えて教壇に立っていたのか、ホントのところを聞きたかったとは思うけれど、きっとまともには答えてくれなかっただろう。答えられなかったんじゃなかろうか、とも思ってしまう。

ぼくが進学した公立の名門高校（！）では、英語の授業でとんでもない目に合わされた。先生に指名されたので、立ち上がってリーディングをしたら、途中で読むのを遮り、きみはどこの中学の出身かねと聞かれた。あれ、おれの読み方がへんなのかなと思いながら、港中学です、と答えると、その先生は、冷ややかな目つきをして、なるほどといわんばかりにうなずいた。その中学の英語の先生は全然ダメ、と蔑んだのだ。こっちも生意気盛り。そんな侮辱には耐えられず、さっさと読むのをやめて、あらあらしく席に座った。

ふん、と今でも思うところがある。あんたは「敵性語」にそんなに親しんでいたのかよ、どうせ戦争中はぜんぜん違う態度をとっていたんだろ！ とも言いたくなっていた。

たまたま、小学校の先生と中学校の先生に登場してもらったが、ほかにも、オノレを失ったオトーサン似のオトナたちが、(注7)町にはけっこういて、それはそれでにぎやかな雰囲気をつくりだしていた。少なくとも高度成長前までは……

三畳間はオトーサンの聖域だった

駅前のやおやの奥には懐の深い三畳間

この「やおや」の周辺には、酒屋あり、鉄工所あり、食堂あり、長屋あり、塀のある小さな邸宅ありと、雑然とした町が広がり、住民のほかに、日本電気（NEC）など京浜工業地帯の中核になっていたような、大きな会社で働く人や、慶應義塾大学に通う人たちが混じって、特に朝夕ともなると、たくさんの人びとでにぎわっていた。いわゆる盛り場でもないし、住宅街でもない、今ではどこにも見られなくなってきた不思議な町で、(注1)過去に埋もれた町のようでもあるが、なんの、ひょっとすると、ありうべき未来都市をイメージできるかもしれない。町ってこんなにも人の気配が濃厚だったっけ、とか、

注7　**オトーサン似のオトナたち**　なかには、今でいえば有名タレントの女性にデートを申し込んで、まんまと新聞社の罠にはまり、当日の動き（実際にタレントが来た！）を逐一写真に撮られ、それを四コママンガのように新聞で展開され、赤っ恥をかかされた青年もいた。タレントも新聞社もずいぶんひどいことをしたものだ。

注1　**不思議な町**　戦争が終わってから五年ほど経った一九五〇年からのほぼ一五年間という、思えばあっという間の期間だったが、ぼくにとっては、小学校に上がってから、中学、高校を経て大学に入って、やっとはたちを越えたところまで。まさに多感な少年時代をこの町で過ごした。

人ってこんなにもにぎやかだったっけ、ありえない、と、これはバーチャル空間なのだと、言い張るムキもあるのではないかと、思う。

だいいち「やおや」という「お店」をイメージすることも、そう簡単ではない時代である。スーパーやコンビニ全盛のこの時代だ。いや、これからおそらく短期間のうちに、まったく新しい業態の「お店」が誕生し盛んになってくるだろうと思えるこの時代に、小ぶりな「お店」を構えた「やおや」がどんなものか、ますます想像しにくくなってくることだろう。

ましてや、その「お店」で商いをする面々や、「お店」に出入りする人びとのようすなど、どこの世界の話？　って感じかもしれない。

「お店」は、間口おおよそ五メートル、奥行きは七メートルほどの広さで、左右の壁に沿って陳列棚や種類別に旬の野菜を積み上げる台があり、中央には果物の陳列台があり、その左右が、いわばお客さんの通路になっていた。表通りに面しては、ひと山いくらのお買い得品や、たとえばお盆のときのお供えもの(注2)など時宜にかなった特売品を載せた台を、少々通りにはみ出してでも置いたりしていた。店のいちばん奥まった陳列棚には、メロンやレモンなどの、当時の高級品や籠入りの詰め合わせセットの見本を飾ったりして、そこには特別に明るい照明を当てていた。

注2　**お盆のときのお供えもの**
やおやで用意していたのは、精霊棚に飾る、キュウリとナスで作った精霊馬と牛だった。

そして店の奥には、三畳しかない狭い居間があって、ここがその狭さにもかかわらず、大きな意味を持っていた。舞台でいえば、まさに楽屋であって、仕事の合間にひと息入れるところでもあり、急いで食事をとるところでもあり、来客を通す部屋でもあった。そんな狭い部屋にお客さん？　と思うなかれ。そんなことで不服そうな顔をする来客は皆無だった。誰でも、当然のような顔をして履物を脱いで上がりこんでいた。なにしろ楽屋なのだから、広いとか狭いとか、そんなことはハナから問題にならなかった。むしろ、「やおや」の風景を内側からながめる、特別な空間を楽しむ気配さえあった。

ぼくを含む幼い子どもたちは、その部屋で寝起きし、二階で寝起きする姉や兄たちも、学校へ行く前は、その部屋で朝食をかき込み、夜は夜で、店番が必要なので交替で食事をとる食卓が置かれ、食後は、子どもたちの遊び場か、勉強部屋に早変わりである。

夜遅くまで仕事している両親にとっては、「お店」を閉めてからひと息入れる大切な休憩所でもあった。ほんとうにせわしないほどにぎやかで、その広さからは想像を絶するほど、懐が深い空間だったのである。

夜の三畳間はオトーサンの聖域だった

この三畳間は、夜も更けてくれば、一転、オトーサンの静かな居場所になった。幼い子どもたちがいても、主は断然オトーサンである。いわばオトーサンの聖域だから、母も夜更けの三畳間には気をつかった。特に寝床を敷いて、子どもたちが寝静まってからは、オトーサンのひそかな作業の助手としてさりげなく振舞った。

復員してきてからわかったことなのだが、オトーサンの両脚は深い傷を抱えていて、その治療を毎晩しなければならなかったのである。ふだんは膝から下を包帯でぐるぐる巻きにしていたが、その包帯をほどいてガーゼを剝がし、傷全体に、ていねいにクスリを塗る治療である。

子どもたちにはけっして見せないようにしていたが、あるときぼくは好奇心を抑えきれずに寝たふりをして、薄目を開けてそのようすを見てしまった。包帯とガーゼに隠されていた脚は真っ赤にただれていて、というより、もはや腐りかけた肉のような状態で、そこに軟膏のようなものを塗っていくのである。母が塗り、オトーサンはそのあいだじっと傷を見ていた。それが終われば、あとはガーゼをかぶせ、ふたたび包帯を巻く。ぼくはそのまま寝たフリをつづけたけれど、気持ちがたかぶって、なかなか寝付けなかった。

秘密にしておこうとは思った。

復員してからオトーサンは、銭湯に行こうとはしなかった。行かなかったのではなく、行けなかったのである。

家の中でハダカになって手拭でごしごしアカを擦り落とすのが、父のフロ(注3)だった。だれもそのことに疑問を投げかけようとはしなかった。

店の中が血だらけ——オトーサンの大出血事件

ところがあるとき、とんでもない事件が店先で起きた。

オトーサンの脚から大量の血があふれ出したのである。それを見つけたお客さんが、大声で叫んだ。

「おじさん、あし、あし……」

お客さんが指差したのはオトーサンの足元で、そのあたりからズボンをとおして、みるみる赤いものがあふれ出てくる。

見ると、店の三和土(たたき)が、そこらじゅう血に染まっているのだった。オトーサンはただ黙って足元に目をやり、立ちつくしている。異様な声を聞きつけて店に出てきた母は、一瞬あっけにとられたが、すぐに気を取り直し、手近にあった手ぬぐいを持ってオトーサンの足元にかがみこみ、脛のあたりをぎ

注3　**父のフロ**

ついうっかり、毎晩のように風呂に入るのが当たり前のように思ってしまうが、戦時中や戦後、風呂に入るのは簡単なことではなかった。燃料不足も大きな原因だったし、だいいち銭湯が少ない。内風呂のある家なんぞほとんどない。大災害時に風呂に入れない実態が伝えられることもあるが、なかなか想像しにくいことだ。帚木蓬生(ははきぎほうせい)さんの小説『逃亡』（新潮文庫）に主人公が子どもと一緒に、久しぶりに家の風呂に入るシーンがある——「父ちゃんはな、戦争が終わって日本に帰ってくるまで、何ヵ月も風呂にはいらんかった。風呂なしでも人間は生きていかれるとぞ」——子どもに半ばおしえておくというシーンである。

ゅっと縛った。

そのとき、まったく偶然にも同業者のタカハシさんが通りかかり、店内のようすを見てとるや、走り寄った。

「さ、早く」

と腰をかがめ、オトーサンを背負った。立ち上がったタカハシさんは、オトーサンの両脚を両手で抱え、迷わず店から走り出た。

「スズキに行くぞ」

その一言を残して走り出したのである。母もそのあとを追うようにして出て行った。店の中は血だらけである。もうダメだと思った。あんなにたくさんの血を流して生きていけるとは、とても思えなかった。

ぼくはどうしていいかわからず、仲のよかったネコを抱きしめ、ただただ、流れ出た大量の血をながめるだけだった。ネコも異様な雰囲気を感じ取ったのだろうか、それともぼくをなだめようとでもしたのだろうか、ただじっと抱かれていた。

やがて、タカハシさんが戻ってきて、大丈夫、間に合った、と言ったときは、奇跡が起こったのだと思った。タカハシさんが担ぎ込んでくれたスズキというのは、家から早足で三分ほどのところにある鈴木胃腸病院(注4)で、院長は

注4 **鈴木胃腸病院**
大通りから一本裏の通りに面している「鈴木胃腸病院」のこと。今も同じ場所にある。わが「やおや」の前は交通事故多発地点でもあり、何かあれば負傷者はすぐこの病院に担ぎ込まれ、ずいぶん多くの命が救われた。

れっきとした外科のお医者さん。戦争中は軍医もやっていたらしい、ウデがいいと評判の外科医だった。血をあふれさせたまま担ぎ込まれたオトーサンを見ても、あわてず騒がず、冷静に止血処置をほどこし、縫合もしてくれたとのことだった。

「あの先生はすごい。さすが軍医だね。あれだけの血を見てもびくともしない。戦地で修羅場をくぐってきたんだろうな」

とタカハシさんは感心していたけれど、よくその胃腸病院を思いつき、しかも自ら背負って行ってくれたものである。タカハシさん自身も、そのきゃしゃなからだからは想像できなかったが、相当の修羅場を経てきたのではないだろうか。

それはさておき、その夜はオトーサンのいない夜になった。その頃は病院の完全看護なんてありえなかったから、母も病院に泊まり込みである。あの大きな傷は母しか知らなかったし、母としても、こんなことでオトーサンをクタバラせたくないという思いが、ことのほか強かったから、このひと晩だけでも、子どもたちはさておいてオトーサンのそばにいようと、こころに決めたのだろう。

タカハシさんから、母がひと晩付き添うことを聞いていたから、信子姉が母代わりになってくれたものの、なんともさびしく、不安な一夜だった。

翌朝、母は帰ってきたが、なんとオトーサンも不自由ながら母についてきた。思いがけないことだったが、医師が入院を勧めても、それをかたくなに断り、戻ってきてしまったということだった。しかも一日仕事を休んだだけで、翌日には現場復帰である。この意地の張り方は尋常ではなかった。どこか自らを苦境に追い込もうとする気配があった。母はそんなオトーサンに何も言わず、ひとりごつだけだった。

――強情だねぇ。

それにしても、こんな大出血事件を起こすほど、オトーサンの脚の傷はひどいものだったわけで、鈴木胃腸病院の院長も、入院しないまでも治療をするように勧めたが、オトーサンは頑としてきかなかった。それどころか、復員してきてからのココロココニアラズ状態の中に自らを封じ込めてしまった。

オトーサンはなにしろ戦地で日々、夜々、オノレを失くせ[注5]、オノレなんてあると思うな――そればかり叩き込まれてきたのである。そう易々と、ココロを取り戻し、オノレをオノレたらしめることなど、できない相談だった。命じられるがままにオノレを失くそうとして、腑まで抜けていってしまったのだ。ココロココニアラズどころか、肝心のココロが見当たらない態のオト

注5　**オノレを失くせ**
軍において個人の尊厳などまったく考えられていない。というか、個人の尊厳を完膚なきまでに棄て去らなくては皇軍の一員になれなかった。よく伝えられる、上官からの理不尽なビンタも、オノレをなくすための

ーサンだったのである。

そのオトーサンにとって、三畳間に母と身をひそめる深夜は、かけがえのない時間だった。傷んだ脚にきりきりと巻いたホータイをほどき、ひっそりと化膿止めのクスリを塗ってもらうとき、ほとんど腐臭を放たんばかりの傷の奥に、失くそうとしてきたオノレが隠れているような気がしていたのだ。ゲートルを巻く前の、まだオノレがオノレであったときのカラダが、そこにはある！　傷の手当は、かすかに残っているかもしれないオノレとの対面の時だったのである。

亡霊が見ている

ところでこの三畳間には、もうひとつ、オトーサンが秘密にしていることがあった。それは中国大陸で戦死した自分の弟との交流・交感である。ぼくにとっては幻の叔父だったが、三畳間の片隅にときどきだったのだろうが、亡霊となって現れるのだった。

ある明け方のこと、ぼくは三畳間に敷かれた布団にくるまって、天井に目を向けていた。薄明かりの中、天井の片隅にある神棚を見た。目が覚めてしまったときのいつもの癖である。神棚にある神殿のミニチュアで遊ぶのだ。

ステップと考えられていた。天皇から発せられた『軍人勅諭』を、さらに具体的に表現して軍人を鼓舞した『戦陣訓』には「生死利害を超越して、全体の為己を没するの覚悟なかるべからず」と。オノレを失くすことこそが軍人の基本とされていたのである。

大西巨人さんの長編『神聖喜劇』（光文社文庫）の第二部に、軍人は死してのちオノレなのだ、と訓示する将校が登場し、主人公がなんとか理解しようとするシーンがある。しかしこれは「死してのち已む」（死ぬまでがんばる）の誤りだったことを将校自ら認めることになるのだが、「已む」を「己」と読み間違えてのことだろうと主人公は納得する。そのような読み違えは軍人として十分ありうることなのだった。

烏帽子をかぶった神官に神殿の廊下を歩かせたり、白と赤の鮮やかな衣裳を身にまとった巫女さんに、神殿前の広場で舞わせたりしてたのしむのだ。

ところがその朝は、それだけで終わらなかった。神棚のさらに奥のほうの片隅に、軍帽をかぶり丸縁のメガネをかけた若い男の顔が、唐突に現れ、ぼくのほうを見ていた。びっくりはしたけれど、なぜか怖いとは思わず、吸い込まれるように目をやり、そらすことができなかった。そんなに長い時間ではなかった。ほどなくしてその顔は、すーっと霞んでいき、ふっと消えた。どこかで見たことのある顔だと思った。おぼろげな記憶の糸をたぐってゆくと、二階の仏壇に置かれている写真にたどり着いた。若くして中国大陸の戦争で亡くなったという、オトーサンの弟である。オトーサンはこの亡霊の存在を知っているのだと思った。毎朝かならず、二階の仏壇だけでなく三畳間の神棚に向かって祈るオトーサンの真剣な姿が、目に浮かんだのである。

しかしこのことは誰にも言わなかった。(注6) これはひとに言うべきことではないのだと思った。このことをひとに話せば、亡霊は行き場を失い、オトーサンとも会えなくなってしまうのではないかという直感がはたらいたからだ。その後、亡霊がぼくの前に現れることはなかったが、三畳間は思いがけず濃厚な空間であり、やはりオトーサンの聖域だったのである。

注6　**誰にも言わなかった**
ずっと後になって、仕事で画家の横尾忠則さんと幽霊話をしたとき、この話をした。ぼくがほかの体験と併せて、これらは幻覚だったと思うと言ったら横尾さんは、いやそれは幽霊だ。きみは幽霊を見ることのできる人なのだと断言されてしまった。もっとも、それからはいっこうに幽霊や亡霊とは出会わないできたけれど。いや、もしかしたらそれと気づかずに出会ってきたのかもしれない、と今は思っている。

海が見える、青い海が見える……

狭いながらも濃厚な空間となっていた三畳間には、さらに、オトーサンの大切な秘密が隠されていた。店側の長押（なげし）に付けられたフックに、何層かに分けて並べられた細長い布製の袋である。その袋に何が包まれているのかは、長いあいだ秘密だった。だれも聞こうとしなかったし、オトーサンはもとより、母でさえ、その存在を無視しているように見えた。話題に上ることもなかった。

しかしその秘密は、ある日とつぜん訪ねてきた母の弟によって、あっさりあばかれた。母の弟、つまりぼくたちにとっての叔父は、家族ともども満州から、文字通り命からがら引き揚げてきたひとで、子どもたちは「満州ノオジサン」と呼んでいた。しかしその頃は、戦後の復興に関わる事業を起こしつつあって、意気軒高というべきか、しゃにむに仕事に取り組んでいたためだろう、子どもたちに対しても、どちらかというと辛辣な口調で話すので、近寄りがたいオジサンだったが、実際にはなにくれとなく面倒を見てくれる、やさしい満州ノオジサン（注7）でもあった。

その日、満州ノオジサンが三畳間に腰を落ち着けると間もなく、オトーサンが入ってきた。いつもは母が相手をするのだが、オトーサンは満州ノオジ

注7　やさしい満州ノオジサン

満州ノオジサンの長男がぼくと同学年で仲よくしていたこともあって、ぼくはよく新宿区早稲田にあるオジサンの家に遊びに行っていた。その都度、それまで食べたことのなかったおいしいものをご馳走になった。あるときは北海道出張から帰ってきたオジサンから、ジェット旅客機の機内のようすをおしえてもらったりしながら、おみやげのバター（クローバーという銘柄だった＝後に雪印乳業取材時に、その銘柄は二年ほどしか出荷されなかったレアなバターだったことを知って驚いた）を思う存分！　食べさせてもらった。はじめての味、これまで経験したことのないおいしさだった。あんまりおいしいので、そうっと、ごはんのおかずにもしてしまった。言葉は辛らつでも、ココロはほんとにやさしいオジサンだったのである。

サンが来ているのを知らず、ふっと三畳間に入ってきて、満州ノオジサンに出くわしたのだった。

「あっ、にいさん、ごぶさたしてます」

オトーサンはあいまいな挨拶を返し、店に戻ろうとした。自分とは対照的にバリバリやっている、満州ノオジサンが苦手だったのである。

「にいさん、この前たいへんだったんですってね」

大出血事件のことだとわかったが、はっきりした返事はできないでいた。

「ムリしないで、ちゃんと治してくださいよ」

うんうんと、ナマ返事を返すオトーサン。

「そういえば、こっちのほうはどうなんですか?」

と、満州ノオジサンは、長押のほうに目をやりながら、手のほうは、釣りをするような動きをしてみせた。

オトーサンは黙って首を左右に振った。

満州ノオジサンは、そんなオトーサンの反応を見て、明るい大声を出した。

「やだなあ、しっかりしてくださいよ、にいさんのような太公望が釣りをしないでどうするんですか!」

オトーサンはどう返事をしていいのかわからない。釣りに行くなんて、そういう発想はまったく失くしていたからだ。長押に掛けられていたのは釣り竿だったのである。

「もう戦争は終わったんだ。たのしんでくださいよ、にいさん」

「終わっちゃあいないんだ」

いきなりきっぱりした口調で答えたオトーサンに、満州ノオジサンはびっくりして、脚の傷のことを言っているのだと思い、それ以上、その話題には触れなかった。

「ただね、にいさんが今みたいにただ黙々と働いていると、まわりもそんな気分になって、売れるものも売れなくなっちまいますよ。だいいち、にいさんはもっと威勢のいいひとなんだ。早く元気になってくださいよ。わたしにできることがあれば、なんでもお手伝いしますから、とにかく元気を出しましょうよ」

オトーサンは満州ノオジサンのやさしさを受け止めたのだろう、かるく頷いた。

「まずは釣りでしょ。こんど、声掛けますよ。ちょっと遠出して茨城の大洗(おおあらい)のほうへでも行ってみますかね」

海に行くと聞いて、オトーサンは少しココロを動かされたようだった。

ややあって、オトーサンは店に戻って行った。ひとり三畳間に残された満州ノオジサンは、呟く——

戦争は終わった、か……すんなり終わりにできないにいさんの気持ちは、とってもよくわかる。ほんとはおれ自身の気持ちなのかもしれない。終わったふりでもしなけりゃ、満州から引き揚げるときに受けた仕打ち(注8)を、どうしたって許せないし、ハラワタが煮えくり返って、生きていけなくなっちまうもんな。さあ、おれも元気を出さなくっちゃ。

オトーサンは満州ノオジサンと話して、かたくなな思いが和らいできたのだろうか。

それからしばらく経ったある夜、まだお店があいている時間に、突然、オトーサンは長押から細長い袋をひと袋だけ下ろして、中から濃い茶色の竿を取り出した。竿は、太いのから細いのまで三本あって、その一本一本をていねいに布で拭きながら、ためつすがめつ、いとおしげに扱っていた。

そしてやおら店のほうに向かって、その竿を継ぎ始めた。太いほうの竿に細い竿を差し込むのである。三本を継いで店のほうへ伸ばすと、かなりの長さになった。五メートルほどにはなっただろうか。手もとのほうを上下に動かすと先端が微妙に揺れた。

注8 **引き揚げるときに受けた仕打ち**

満州ノオジサンが妻子を連れて帰国しようとしたのは、満州を守るはずの関東軍をはじめ、重鎮たちやその家族が、ソ連参戦と敗戦をいち早く知って、満州を捨てて逃げて行った後だった。迫りくるソ連軍に対する恐怖と闘いながら、必死に逃げて、家族に悲劇的な犠牲者を出しながら、やっとの思いで帰国したのである。

ついでに記しておくと、ぼくが東京大学に入学したとき、このオジサンは本気になって怒った。なんであんなロクでもない大学に行くのか、と。満州で自分たちをひどい目に合わせたのはすべて東大出のエリートだった。そんな大学へ行くのか、と。だんだんその意味が身に染みてわかってくるのだが、当時はただびっくりするだけだった。もっとたくさん話を聞いておけばよかったと思う。

オトーサンはその竿からどんな感触を得たのだろうか。

竿の向こうに何を見たのだろうか。

（海が見える。あおい海が見える。自分には見える。この海の向こうに、とっくに失くしたはずのオノレがいる。真っ赤な血が体じゅうに流れているオノレが……）

オトーサンは無言で、釣り竿を握っていた。やがて、何も言わずに継いだ竿を一本ずつ外して元に戻し、あっという間に三本の竿をまとめて袋に入れてしまった。

そのことがあってからオトーサンは、折を見ては別の竿を継いでみたり、釣れたときの感触を甦らせるような素振りを見せることはあったが、けっきょくのところ、店をたたむことになるまで、ついに一度も、その釣り竿を持って出かけることはなかった。

まだ戦争は終わっていなかったのである。

まだあったオトーサンのシークレットゾーン

三畳間とお店の境目、正確に言うと、お店の一番奥にあった飾り棚の下の空間は、普段はなんとなく覗き込んではいけないような、そっとしておいてほしいという雰囲気が漂っているシークレットゾーンだった。

飼っていたネコが、そんな雰囲気を知ってか知らずか、そこに巣を作り出産したことがある。母は布で仕切っておいて、子どもたちに覗いちゃだめだよと、きつく言った。覗くと母ネコが子ネコを食べちゃうんだという恐ろしい話[注9]をした。敵に見つかって殺されるよりも、自分で食べてわがものにするんだということだった。それでも好奇心に勝てるはずもなく、母のいないときに、そっと覗くと、まだ目もしっかりあいていない赤ちゃんネコが数匹、ミャーミャーなきながら、母ネコのお乳にむしゃぶりついていた。

そのときその空間に何やら雑多なものが置かれているのを知って、出産騒動がすっかりおさまってから、そこに頭を入れ手を伸ばし、少しずつ取り出してみた。怒られることを半ば覚悟していたが、そんなことはなかった。

オトーサンが出征したとき、夜明けの道を照らし出したカンテラもここで見つけたのだが、あるとき、奇妙な柄の長いスプーンが出てきた。半円球の椀に詰めたものを、掬い取る装置がついた大きなスプーンで、これは、アイスクリームをそこに詰めてから容器に盛り付ける、アイスクリームディッシャー[注10]という道具だった。なぜこのようなものがあるのか、母が話してくれた。「ここでは、むかし、フルーツパーラーをやっていたらしいよ[注11]。わたしもよくは知らないんだけど、明治から大正にかけて、二階がフルーツパーラーだ

注9 **恐ろしい話**
子ネコを守る母ネコの底力を見せつけられたことがある。突然母ネコがこの巣を飛び出し、店を走り抜け表通りに出て行った。何事かと追いかけたら、たまたま通りがかっただけのイヌが母ネコの勢いにびっくりして、キャンキャンなきながら逃げて行った。そのときの母ネコのただならぬようすに感じ入ってしまった。

注10 **アイスクリームディッシャー**
子どもだったぼくにとって、このアイスクリームディッシャーは自慢の道具にもなった。近くの電車の車庫脇にあった大きな砂場で、これを活用して、きれいな砂の半円球を、簡単に作ることができたのだから、おおいにうらやましがられたのである。

ったんだって。ほら、日本電気の人とか、慶應の先生なんかがお客さんだったらしいよ」

オトーサンは黙して語らず。知らんふりだった。

そういえば、通りに面して掲げられたお店の看板に、屋号のほか、「FRUITS」という英文字が、木彫りの文字で貼られていた。はじめは単なる飾りのようなものだろうと思っていたのだが、このフルーツパーラーの話を聞いて、納得できた。そういうこじゃれたところもある「やおや」だったのだ。

フルーツパーラーは、まだオジイチャンの代か、それより前の話だったのかもしれないが、オトーサンにとっては、自分がやおやを営む根っこにあったことで、三田同朋町でブイブイ鳴らしていた時も、いつかはオレもフルーツパーラーをやるぞ、と夢見ていたのかもしれない。

それが出征で何もかも、そう、オノレまでなくし、帰ってきたら同朋町の店もなくなっていて、すべてが忘却の彼方へと消えていたのだから、大切にしていたアイスクリームディッシャーが出てきても、知らんぷりするしかなかったのかもしれない。

さてこのシークレットゾーンには、さらにとんでもないものが隠されてい

注11　**フルーツパーラーをやっていたやおや**（オジイチャンがやっていたやおや）の二階でフルーツパーラーをやっていた当時は、文字通り「高級果実店」の見栄を張っていたのだろう。その名残だと思うが、たとえばパイナップルなどの新しいアイテムを仕入れてくると、売値を決めるためという名目で、ぼくを渋谷・西村や新宿・高野などの有名店に向かわせ、そこでの売値を見てくるように指示した。

た。夕方とはいえまだ明るいうちのこと、そこで手提げのついた木箱のようなものを見つけたのである。どこか高級感のある木箱だし、そのまま放っておくわけにはいかなかった。頭を潜り込ませて取り出すと、そのまま三畳間で開けることなく、ちょっと重かったけれども、二階に運び込んで、これをひとりで開こうとした。だれにも邪魔されたくなかったし、三畳間は店の奥に位置していたこともあり、昼なお暗い空間だったから、少しでも明るい二階へと運んだのである。

さて、木箱を開けるのは造作もなかった。蓋についている金具を回せば簡単に開けた。中は、近所の友だちの家で見たことのある蓄音機だった。しかもレコード盤が、ターンテーブルに載せられたまま。

大発見である。

一度でいいから触りたかった憧れのマシーンだ。

とにかく回して音が出るのを確かめたかった。

しかし、どうやって回すのか。マシーンのまわりには何もない。

気が急いたぼくは、手で回してみた。そしてどうにかこうにかピックアップをレコード盤に載せ、回した。すると、ピックアップの先端にあるマイクロフォンのようなところから、かすかに音が聞こえてきた！　どうやら人の声である。

それならばと、さらに手で回しながらそこに耳を近づけてみた。なんとなんと、ちゃんと人の声が聞こえてきた！

これがどういうレコードなのか、ほんとうはどうやって回して、どうやって普通の音量で聞くことができるのか。この謎を解こうと、いろいろといじったり、探ったりしてみたけれど、どうにもならなかった。しかし、このままではなんとも残念である。結局オトーサンではなく、母をそっと二階に呼んで聞いてみた。

「あらまあ、あったんだね。蓄音機だよ、これは。でも、音を出すラッパもないし、ゼンマイを巻くハンドルもないわねぇ」

「ゼンマイ？」

「ハンドルを挿し込んでゼンマイを巻くのよ。それでレコードが回るの」

「そうか、ハンドルがあればいいんだ」

「見つからないんじゃないかい」

「このレコードはなに？」

「どれどれ、ああこれはね、大辻司郎(注12)という芸人のレコードだね」

「どういう人？」

注12　**大辻司郎**
元々は無声映画の弁士として名を馳せた。近くにあった映画館・芝園館の古いプログラムにもその名が残されている。関東大震災（一九二三年）で映画館が使用不能になったとき、つまり仕事がなくなったとき、「漫談」という話芸を立ち上げ、人気を呼んだという。ぼくにとっては、一九五二年、大島・三原山に墜落した日航機・もく星号に搭乗していて亡くなった、悲劇の芸人という印象が強い。

「オトーサンがけっこう好きでね、わたしもよく聞いたもんだよ。漫談といってね、おかしなことばっかり言ってさ。とうとうレコードまで買っちゃってねえ」

やはり、オトーサンお気に入りのものだったのだ。オトーサンが同朋町で颯爽としていたときの名残りなのであった。この蓄音機のことは、今でも鮮明に覚えているので、とても気になり、この項を記すにあたって、旧知の蓄音機専門家に電話で聞いてみた。すると、ぼくの話から思い当たるのは戦争前に発売されて評判になった、ゼンマイ式のポータブル蓄音機だろうということだった。そして、スピーカーにあたるラッパは金属製だから、戦時中に没収されたのではないか、ということだった。細かいところまで、なるほどと腑に落ちる話をしてくれた。

オトーサンはやっぱり颯爽オトーサンであって、芸能ファンでもあったから、新しい洒落たポータブル蓄音機なら、少々高価でも購入したのだろう。オトーサンにとっては華やかに彩られた、まさに夢の時代のメディアだったのだ。

呆然オトーサン、日劇ミュージックホールへ！

孤独なオトーサンを心配する母

　戦地から戻ってきて、すっかり変貌したとはいえ、それも束の間のこと、すぐにまた颯爽としたオトーサンを見せてくれるだろうと、あきらめなかった母は、オジイチャンのところに舞い戻ることが、オトーサンにとって心機一転の機会になり、呆然オトーサンから脱出するきっかけを、つかんでくれるんじゃないかと踏んでいたのだが、さて――

　オトーサンのほうは、心機一転しようにも、肝腎の「心」が半ば失われていたのだから、半転ぐらいはそこそこできたかもしれないが、呆然状態から敢然と脱出することなんて、ムリな相談だった。

　そんなオトーサンを見て、母もそれなりの覚悟を決めた。オトーサンが出征するとき、よーし、こうなったら「戦(いくさ)」に勝ってオトーサンが戻るまでは、なにがなんでもわたしが子どもたちを守りぬく、とハラに力を入れたそのときのことを思い出し、なーに、「戦」がまだまだつづいていると思えば、なんのこれしき！　なのであった。ただ、子どもたちや祖父母、また近所のウルサ方たちの手前もあり、オトーサンを一家の主として頼りにするフリは、忘れなかった。それにしても、と母は呆然オトーサンを横目で見ては、ため息がフッと出るのを禁じ得ないでいた。

ホントに孤独なオトーサンなのだった——連れだって飲みに行く友だちがいるわけでなし、復員してからサケはぷっつり。戦友と称する人はウワサにものぼらないし、戦友会の知らせがあっても（たった一度だけだったが、郵便が届けられたことを記憶している）返事さえ出さないオトーサンだった。近所の人と、文字どおりハダカのつきあいができるはずの銭湯にも、脚の傷が深くて行けない。同業者のタカハシさんにも、なぜか打ち解けることができないでいるし——等々、孤独は深まるいっぽうだった。

でもオトーサンは、やおやのあるじとしてやるべきことは、最低限がんばってやっていた。築地市場には、野菜や果物の仕入れのために毎日行っていたし、年中無休で店先に立って商いをしてもいた。もっとも、母に言わせれば、仕入れっていうのは朝早くから行って、イキのいい野菜や果物を選ばなくちゃいけないのに、オトーサンったらねぇ、ネボーばかり。店先でも、お得意さんといろいろ世間話なんかして懇意にするもんだし、新しいお客さんとも愛

注1　**夕刊紙**
戦後の物資（この場合は紙）不足の

想よく、なんだかんだと話すもんだろ。それをオトーサンは無愛想で、ひどいときは仏頂面してさ。ったくねえ、あんな人じゃなかったんだけどねぇ……

しかしまあ書き入れの夕暮れどきには、さすがのオトーサンも、次から次にやってくるお客さんを相手に、威勢のよさそうな声を出して、主人らしく振舞っていた。そんな慌ただしいときが一段落すると、家族そろってというわけにはいかないまでも、店の奥の三畳間で夕餉の食卓が広げられるのだが、そこに、オトーサンはいなかった。その時分から、オトーサンだけの遅い夕食の時まで、もっぱらひとりで店番をしていたのである。店の奥にしつらえた包装台の前に腰をおろし、お客さんの到来を待つのだが、夜も更けてきて人通りがまばらになってくると、オトーサンはいつも新聞を読んでいた。適当に折りたたんで、店の前を通る人や入ってくるお客さんには見えないようにして、静かに読んでいた。実はそれがオトーサンの夜のたのしみだった。

読んでいた新聞は、もっぱら夕刊紙の(注1)「内外タイムス」で、夕方の早い時間、駅前に出る新聞売場へ買いに行くのはぼくの役目だった。なにか事件が起きるとセンセーショナルな写真と記事で人気のあった「サン写真新聞」(注2)も併せて買い求めた。近所の子とばったり出くわしたことがあって、その子は競輪の新聞を買っていて、恥ずかしそうにしていた。やはり父親のために買

ため、どの新聞社も朝刊か夕刊のどちらかしか発行できない時期があった。「内外タイムス」も、実は読売新聞社のダミー夕刊紙だった。しかしやがて自前の「読売新聞」夕刊を発行できるようになり、必然的に「内外タイムス」は再出発を余儀なくされ、大衆娯楽紙としてその内容を一新していた。

注2　**「サン写真新聞」**

「サン写真新聞」は毎日新聞社のダミー夕刊紙として発行されていた。こちらはタブロイド判で、今の「夕刊フジ」や「日刊ゲンダイ」の先がけともいえるグラフィック紙だった。個人的には、一九五一年四月に起きた、悲惨な車両（根岸線）火災事故「桜木町事件」を報じたときの現場写真を忘れることができない。そこには、死者一〇〇人超を出した現場の、焼死体が折り重なるむごたらしい写真が掲載されていたのである。

いに来ていたのだろうが、どうも自分の父親が競輪をやるのは世間に知られたくないことらしく、ぼくと出くわしたときも、その新聞を隠そうとしていた。かくいうぼくもなんとなく恥ずかしく、お互いに、どの新聞を買いに来たかは話すことなく、別れた。

今思うと、当時の駅前新聞売り場は、敗戦に打ちひしがれた男たちを鼓舞、あるいは慰撫する、大衆娯楽の最前線だったのである。

「内外タイムス」は第一面にどーんと、ヌード写真が載ったりしていて、子どもにはちょっとつらい買物だったのだが、なぜかそれはぼくの役目だった。オトーサンがなぜ自分で買いに行かないのか、ちょっと疑問ではあったが、いやとは言えなかった。それどころか、ヌード写真から受ける刺激を、いつの間にかひそかなたのしみにするようになっていた。とんでもない「教育」を受けていたわけだ。

オトーサンが遅い夕食をとるとき、代わってぼくが店番をすることも少なからずあり、そのときこそぼくのチャンス到来で、包装台のちょっとした隙間に隠すように挟んである新聞を取り出し、しっかり見るのである。そこでぼくは、ジプシー・ローズ(注3)だの、メリー松原、奈良あけみといった人気ダンサーの存在を知ってゆくのであった。なかでもジプシー・ローズの日本人ら

注3 **ジプシー・ローズ**
一九五〇年代のスーパーヌードダンサー。その容貌や肢体から「ハーフ」

しからぬエキゾチックな容貌はつよく印象に残った。エキゾチックというだけでなく、恥じらいとか卑屈さとかがまったくなく、堂々としているように見えた。もちろんぼくは写真でしか見ることができなかったが、かなり気に入って、第一面でなくても、ジプシー・ローズの写真が載ってはしまいか、気をつけるようになった。もちろんオトーサンには気づかれないようにしていたつもりだが、かんたんに見破られていたのかもしれない。

日劇ミュージックホールに行くこともあったオトーサン

あるとき、同業者のタカハシさんが店に来て、母と四方山話をしていたとき、配達で留守にしていたオトーサンのことが突然話題になった。

「キュウサン、けっこうストリップを見ているよ」

「まさかぁ」

「おとといも築地の帰りに見ちゃったよ」

「まさかぁ」

「日劇にミュージックホールってあってね。そこに入って行ったよ」

「まさかぁ」

「そこでストリップをやってるのさ」

といわれていたほど、際立つ存在だった。演出家の正邦乙彦に見出され、独自に開発した、腰を激しく回転させる「グラインド」というダンスで人気を博し、日劇ミュージックホールでも、戦地から戻って間もない男たちの官能を揺さぶった。オトーサンもそのひとりだったわけだが、夕刊紙「内外タイムス」でも大スター扱いであったことはいうまでもない。版画家・棟方志功の代表作「天乃宇受女之美胡登図（アメノウズメノミコトズ）」はジプシー・ローズをモデルにして描かれたといわれている。ただその後半生は、アルコール中毒との壮絶な闘いに悩まされ、正邦乙彦に見守られながら、三十数年の短い生涯を閉じたという。ドキュメンタリータッチの日活映画「実録ジプシー・ローズ」で、その片鱗をうかがうことはできる。ぼくはユーチューブの有料レンタルで見た。

「まさかぁ」

タカハシさんの話に、母は動揺を隠そうとしたためだろうか、ちょっと顔をあからめながら、「まさかぁ」を繰り返した。

ぼくは、件の「内外タイムス」によって、日劇ミュージックホール(注4)という名称と、ジプシー・ローズなどのヌードダンサーたちの名前を重ね合わせることができたから、おおいにありうることだと思った。と同時に、そんなことを母に話すなんて、それこそ告げ口ではないか、なんて嫌なことをするんだろうと、タカハシさんがいっぺんに「いいおじさん」から「やなおじさん」に変わってしまった。それまでのタカハシさんは、商売敵ではなく、あくまでも同業の仲間であり、ときどき寄っては、なにくれとなく心配してくれたり、面白い話をしてくれる「いいおじさん」だったから、びっくりしてしまったのだ。

しかし母のほうはそうでもなく、「まさかぁ」を連発したわりに、表情を変えることもなかった。日劇ミュージックホール？　最近できたばかりで、けっこう人気があるっていうあの劇場？　そこへオトーサンが行ってる？もしかしたら母は、そんなオトーサンに、同朋町時代の、芸能好きで颯爽としたところのあるオトーサンの片鱗を見たのかもしれない。そこが実際にど

注4　**日劇ミュージックホール**
一九五二年に、劇作家・丸尾長顕のプロデュースで、東京・有楽町駅前の日劇五階に開場したエンターテインメント施設。主な演目はヌードダンサーによるステージだったが「女性が見ても上品な」という理想を追っていて、いわゆるストリップとは一線を画していた。とはいっても、タカハシさんが告げ口したような誤解は免れ得なかった。ぼくは長じて、かつて一世を風靡したオペラ歌手・田谷力三が出演するエンターテインメントを楽しんだりした。

ういうところなのかはどうでもいい、とにかく元気になってくれれば、とむしろ勇気づけられたようだ。

オトーサンが呆然を取っ払うとき

ヘナヘナオトーサンではなかった

呆然オトーサンは、颯爽オトーサンだったときの、いきいきしゃきしゃきした心映えを、戦地かどこかに置いてきてしまったゆえの呆然であって、呆然ということばから派生しがちな、ボケーッとかヘナヘナのオトーサンだったわけではない。

体格も、背こそ高くはないが、腹も出ていないがっしりタイプだったし、やおやの仕事ぶりに、意外とつよい膂力（りょりょく）を感じさせることも、少なからずあった。りんごが一〇〇個も入った木箱をかるがるとかついだり、西瓜を三玉ほど納めた藁袋を、ひょいひょい運んだり、みかんの小箱を三、四箱、重ねて持ち運んだり、少なくとも、ひ弱なおじさんではなかった。むしろ、そうでないからこそ、若くもないのに、その腕力などを期待されて、五島列島の陣地構築要員として送り込まれたのではなかろうかと、推測したくもなる。

そんなオトーサンのパワフルなすがたに接して、呆然オトーサンとのギャップにおどろかされたことも少なくない。ある夏の日の真昼に起こったできごとには、度肝を抜かされ、ずっと記憶に留められている。


あたら若い命を！　もっと大切にしろよ！


駅の向こう側には東京港が広がっていて、港湾ではたらく荒くれ男たちが少なくない地域だったが、こちら側にもその空気がじわじわと流れてくることがあった。

ある夏の日、喧嘩っ早くて「不良」と目されていた近所の少年が、息せき切って店に入ってきて、仕入れてきたばかりの西瓜のそばに置いてあったナワ切りをさっと手にとった。ナワ切りというのは、一種の鎌で、ナワを引き切るために、刃はどちらかというとノコギリのようにぎざぎざにされていたが、使い方次第で殺傷能力を持たせることもできる、武器たりうる道具であった。

少年は、それを手に取るや、何かわめきながら走り出て行こうとした。とそのとき、オトーサンが少年の腕をむんずとつかみ、叫んだ。

「だめだ、やめろ！」

これまで聞いたこともないような、厳しくも激しい叱咤であった。

「あのヤロー、ぶっ殺してやる」などとわめきながら、なおも走り出そうとする少年をオトーサンは抱きかかえ、その動きを封じ込めた。

少年はもがいた。

「離せ、離せ。あのヤロー」と、なおも走り出そうとするが完全にオトーサンの腕の中にとらえられ、次第に動きも鈍くなってくる。

「やめろ。やめるんだ」と強い口調で言いながら、なおも少年を締め付けているらしいオトーサン。さすがの少年も観念したようで、

「わかったよ、わかったからもう離してくれ」

と、これはもはや懇願の態。

「よし、ナワ切りをよこせ」

こんなやりとりが少しつづけられたが、とうとう少年はナワ切りを手離した。オトーサンは、舗道に落ちたナワ切りを店の方に向けて蹴り出し、一件落着。少年もやっと落ち着きを取り戻し、ナンナンダコノオヤジとばかりに、オトーサンに驚きの目を向け、思わず小さな挨拶をして、その場から離れていった。

ぼくはオトーサンの腕力にも感心したが、刃物を持った少年を臆することなく取り押さえようとしたその度胸に、もっとびっくりした。ふだんおとなしく店番をしているオトーサンからは、想像もつかないことだった。ぼくにとっては、ふるえがくるような、刃物付きのシーンだったから、オトーサンの底知れぬ力を見せつけられたようなものである。

そのときのオトーサンは、少年の若い命を、そんなことで無駄にさせたくないという気持ちもあっただろうし、何よりも、自分が召集されて行った五島列島で、特攻隊員として命を投げ出そうとしていた少年たちの身近にいながら、為すすべもなかった自分を、問い詰めるような気持ちもあったのではなかろうかと、これはずっと後になって、思い当たったことである。

おまえみたいな酔っ払いは、そこでおとなしくしていろ

やおやとはいえ、果物目当てのお客さんのために、国電（ＪＲ）の終電時間まで、毎日、店を開いていた。お客さんのために、というのは大義名分で、実はオトーサン自身のためだった。早く店仕舞いしても、文字どおり身の置き所がなくて、おろおろしてしまう、そんな事態を避けるための、夜更けの店番だった。

母にとっては、どうだったんだろうか。早く休みたいのに休めない、ということだったら、それはそれで、オトーサン、ちょっとひどいじゃないかと、言いたくもなるのだが、少なくとも子どもの前で、そのようなグチをこぼす母ではなかった。むしろ、オトーサンに親しい友だちがいないことを、やっぱり心配していて、「近所付き合いもしない、戦友もいない、ったくもう」と、口に出して言うことさえあった。

オトーサンはオトーサンなりに、戦争の後遺症に苦しんでいて、夜更けの孤独な時間を、安らぎのときとしていたのかもしれない。ただ、そのような孤独を、いつも平穏に味わえるとは限らなかった。なにしろ大通りに面していて、しかも、駅からまっすぐ歩いてきて渡る、横断歩道の真ん前にある店なのだ。どんなお客さんが飛び込んでくるかわからない。

ある夜のこと、酔っ払って横断歩道を渡ってきた、オトーサンと同年輩の男が、店に入って来るなり、おれは戦地でどうのこうのと[注5]、わけのわからないことを大声で喋り出した。そういう手合いはけっこういたから、オトーサンも適当に相づちを打ちながら、まあ相手にしないでいたが、この男はしつこかった。オトーサンの言葉じりをとらえては、絡んできて、一向に店を出て行こうとしない。業を煮やしたオトーサンが叱りつけると、さらに絡んで

注5　**おれは戦地でどうのこうの**　酔って、このようにひとに絡む手合いは少なくなかった。新聞に、銀座・数寄屋橋の上で酔って進駐軍の兵士に絡み、下の川（当時は川が流れていた）に投げ込まれた、かなしい男の話が載っていたのも忘れられない。

きて、とうとう手を出してきた。かんたんに払いのけるオトーサン、そのことで怒り出した酔っ払い、まともには相手にしないオトーサン、さらに激昂する男。どうなることかとハラハラしたが、オトーサンは男の胸ぐらをつかんで、店の外へ連れ出した。

気づくと店の周囲には野次馬が集まってきて、やいのやいのと言っている。これで男はよけい興奮したらしく、オトーサンを殴りつけようとした。その腕をあっさりブロックしたオトーサン、そればかりでなく、その腕を逆手にとって、動きを封じ込むと、店の前にある銀杏の樹(注6)へ引っ張っていき、ちょうどそこに置いてあった荒縄を手にするやたちまち、男を銀杏の樹に縛り付けてしまった。しかも、男が銀杏の樹を抱きかかえる格好で。

叫ぶ男、オトーサンを罵倒する男、平然と店に戻るオトーサン、そこまでやるか、とオトーサンの勢いに驚きあきれて、手を出すこともできない野次馬。

そこへ駆けつけてきたのは若い警官(注7)で、なんだなんだ、なにがあったんだ、と、オトーサンに聞く。かんたんに説明するオトーサンに警官は呆れながら「おじさん、なにもここまでやらなくったって」と言うが、オトーサンは平然と「おとなしくなるまで、そのままでいいんじゃないか」と。そうはいかない警官は「まあ任せてください」と言いながら、慣れた手つきでナワを解

注6 **銀杏の樹**
家の前の大通りは、銀杏並木になっていて、店の前にあった銀杏の樹は、ぼくにとっては「森」だった。季節を感じさせる植物だったし、そこには小動物もいたりして、それなりに「ものがたり」が展開される、大きな存在だったのである。

注7 **若い警官**
近くの交番に詰めていた警官たちは、店の前が交通事故多発地点でもあったから、なにかと立ち寄ることも多く、顔見知りでもあった。

き、男を交番のあるほうへ連れて行った。

へええ、オトーサン、強いんだ、とびっくりさせられたが、ナワで縛るその素早さにも驚かされた。これは戦争とは関係なく、人よりもずっとナワの扱いに慣れていたというだけのことかもしれないが、実際戦地ではどうだったのだろうか。

野次馬の中には、当然近所の人もいたから、翌日には、あのやおやさん、けっこう乱暴者らしいわ、こわい人なんだってさ、とか、あることないことウワサされたが、けっきょくウワサはウワサにとどまり、すーっと消えていった。オトーサンはオトーサンで、寡黙でおとなしい、やおやのおやじに戻って平然としていた。

夜更けの孤独な時間に潜り込んでいるときのオトーサンには、何か別の世界が見えていて、そこにずかずか入ってこようとするヤツは、誰だろうと許せなかったのだ。

店のレイアウトはオレに任せろ

オジイチャンの店をオトーサンが仕切るようになってからも、店の基本的なレイアウトは、大きく変わることなく踏襲されていた。果物を中央に位置させ、野菜にその脇を固めさせていたのである。

野菜は店の奥から少し傾斜をつけた台の上に、旬のものを中心として、ゴロンと並べられていた。このゴロンがよかった。無雑作なようでありながら、季節感などがちゃんと計算されていて、野菜がいきいきとそこにいるのであった。ちなみに舞台の世界では、奥から客席に向かって傾斜をつけたステージを「やおや」という。思いがけないところで「やおや」は生きているのである。

果物のほうは、広い台の上に同じ大きさの箱をきれいに並べ、箱と箱の間を透明な厚手のガラスで仕切り、ひとつひとつの箱に、同じ種類と同じ価格のりんごやみかん、梨など、季節に応じて入れていた。箱の奥には、長方形に切ったガラスに価格を書き込んで、立てかけてあった。

店のいちばん奥には、これもガラス製の棚を段違いに並べたショーケースを設けて、そこにはメロンやレモンといった高級感のある果物や、季節の果物を詰め合わせた籠が並べられていた。果物の陳列にガラスを多用した、このような店作りは、それこそ、フルーツパーラー時代の名残りで、こじゃれた雰囲気をかもしだそうとしていたのである。

価格をガラスに書くのは、オトーサンの最も得意とするところで、ポスターカラーの白を筆にたっぷり含ませて数字などを書き、そのあと、文字のまわりを明るいグリーンのラインで囲む。それも、文字が立体的に見えるような工夫がほどこされていた。透明なガラスに書かれた白文字と、これを際立たせるグリーンのラインは、ふしぎに、どの果物にも似合っているように思えた。

籠詰めはオレの出番だ

デザインということでいうと、大きな籠に果物を詰め合わせる、籠詰めセット(注8)のデザインも大切だった。店の正面奥のショーケースに飾られる、いわば店の雰囲気づくりをするスターなのである。照明もできるだけ明るくしていたので、スポットライトが当てられているように見えた。

籠詰めは、把手のついた籠の中に、色や形、大きさなどを考慮しながら、いろいろな果物をレイアウトするもので、もちろん季節感も重要なポイントとなる。これを包装台の上でこしらえるとき、オトーサンはたのしそうだった。籠の中には、メロンやバナナ、レモンなどのほか、春から夏にかけてはサクランボやビワ、夏には白桃やマスカット、秋にはブドウや西洋ナシ、りんごのスターキング、冬にはイチゴやラフランスといった、その季節にふささ

注8 **籠詰めセット**
そのための、いろいろな形状をした籠や、セロハン紙やリボン、パッキンなどの付属品は、築地市場にある専門店で購入し、揃えていた。

わしい、ちょっと高級感のある果物が詰め合わされた。包装台にそうした果物を並べたときには、詰め合わせのイメージがおおよそはできているらしく、そのイメージに合う籠を選び出す。底の深い船のようなカーブを描く大きな籠から、しゃれた把手のある瀟洒な籠まで、いろいろと用意してある中から、典型的な数種類をショーケースに並べることになる。

籠が決まると、こんどは籠の中で果物がいかに崩れないようにするか、バランスをとりながら、パッキンと称する詰め物を必要に応じて敷いたりして、積み上げていった。パッキンというのはハトロン紙のような紙を細く切ったものや、緑や黄などの色のついた細長いセロハン紙で、見た目に思いがけぬ効果をもたらした。さいごは全体にセロハンをかけ、リボンなどで籠にしっかり留めればできあがりである。ただしこれはあくまでも見本であり、ご進物や病気見舞いなどの用途やお客さんの予算や好みに応じて、注文を受けてから新しく詰め合わせるのが基本だった。できあがるまでお客さんを待たせることになるので、手際のよさも要求される仕事だった。

お客さんによっては、オトーサンよりも母の感覚を好むひとがいて、そういうときは母が待ってましたとばかり、張り切って詰め合わせていたが、そういうことでもなければ、これはオトーサンの仕事だった。オトーサンは籠詰めのデザインに自信をもっていて、この仕事に取り組むときは、呆然オトーサン返上だった。

暮れ正月のあるじはオレだ

いつもは呆然オトーサンであっても、やおやのあるじとして、否でも応でもその存在感を示さなければならなかったのが、暮れ正月、とりわけ大晦日と元日の二日間だった。

この時期、店の主役を担ったのは、みかんの小箱である。みかん数十個入りの木箱だが、箱の周りは荒縄でがっちり縛りつけられていた。あらっぽく扱われて(注9)も壊れないように、という物理的な理由のほかに、見た目を考慮した、デザイン的な意味を持つ荒縄だった。いかにも頑丈そうに見えただけでなく、しめ縄にも似ていて、なるほど暮れ正月にふさわしい好印象を与える素材でもあった。実際、小箱の上っ面左側に「お年賀」ののし紙を貼ると、それらしく、サマになった。

オトーサンは暮れのうちに、このみかんの小箱をたくさん仕入れた。お年賀用によく売れたからだ。大量に仕入れたみかんの小箱は、裏通りにある鉄工所のあきスペース(注10)を借りて、そこに積み上げた。正月休みでひっそりとし

注9　**あらっぽく扱われ**
市場や然るべき場所での荷の積み下ろし時には、ひと箱ひと箱、放り投げて受け渡しをしていた。夏場の西瓜と同じ扱いである。このとき肝腎なのは、箱を回転させないように投げることであり、受け取るほうは柔らかく（引くようにして）受け止めなければならない。これもやおやには必須のワザだった。

注10　**鉄工所のあきスペース**
この辺りには、鋼板を扱う「はがねや」があったり、鉄の加工所など、鉄を扱う仕事場が少なくなかった。ここに記した鉄工所は、そのなかでも有力な工場で、そこの女主人は地元の顔役でもあり、我が家を本気でバックアップしてくれていた。不思議なのだが、困っている近隣の人を見ると、放っておけず、具体的に力を貸してくれる人だった。いくら休みの期間とはいえ、あきスペースを

た工場の片隅を、倉庫代わりに使わせてもらったのである。スペースに限りがあるから、みかんの小箱をそれなりに高く積み上げることになる。これもひと仕事だったが、さらに、店頭へ出す前に小箱の中身を確かめ、いたんだみかんがあれば、同じ産地の新鮮なみかんと入れ替える、過剰なまでの品質管理・信用維持の仕事もあった。かくして大晦日は、主力商品のみかんの小箱との格闘で時間が過ぎてゆくのだが、どんなに忙しくても、どんな年の大晦日でも欠かせない行事があった。神主さんによるお祓いである。

御田八幡神社の神主さんが来て「ハライタマエキヨメタマエ」

表通りを三〇〇メートルほど歩いた先にある御田（みた）八幡神社（注11）から、ひげをはやした神主さんが、風呂敷包みを抱えてひとりでやってくる。しゃがれた声による挨拶もそこそこに奥の三畳間に入って、狩衣（かりぎぬ）に着替え烏帽子をかぶり、笏（しゃく）を両手で捧げ持ち、神棚を見上げる位置に立つ。そのときまでには店番のひとりを除いて、オトーサンを中心に家族全員、神主さんのうしろに正座して待つのだが、ほどなく、神主さんのノリトが始まる。外の喧騒もものかは、オゴソカな時間が流れる。ノリトの節回しも、少しずつ聞き取れる言葉も、どこかオゴソカなのである。

まるごと貸してくれたのである。

注11　**御田八幡神社**
ぼくにとっては、とても大きな意味を持つ神社である。芸能への関心も、ここの特設舞台なくしては考えられないし、祭りのたのしさもこの神社からおしえられた。ちなみに、大晦日に出張お祓いをしてもらえたのは、やはり特別なことであって、何代か前から、それなりの縁を結んでいたのだろう。詳しいいきさつはわからないが、菩提寺でも同じような特別扱いがあって、オトーサンが亡くなったとき古くなった墓石を新しくするためにお寺の紹介で石屋さんと話したら、「ウチはむかし、お宅にはお世話になったということなんで」と、驚くような値引きをしてくれた。どうやら江戸の町に地歩を築くにあたってそれなりの貢献をしたのでは、と思わされたことである。

やがて神主さんが、家族のほうを向き、大幣(おおぬさ)を振りながら、お祈りをする。
ハライタマエ、
キヨメタマエ、
カムナガラマモリタマイ、
サキワエタマエ——
これもまたオゴソカなのである。
オトーサンたちは神妙にしている。このお祓いによって、借金が消えるわけでもないし、税金が安くなるわけでも、からだの不具合がよくなるわけでもないのだが、とにもかくにも一年間の塵をきれいさっぱり払い落とし、新しい年に向けて意欲のようなものがかきたてられる、はずであった。
そんなこんなのあわただしさのなか、やがて除夜の鐘が聞こえてくる。芝の名刹・増上寺の除夜の鐘なのだが、よし、これで店仕舞い、というわけにはいかない。オトーサンは店で、母は台所などで、まだ慌ただしくしている。なかなか年を越せない。それもそうで、普段、近くの駅から終電が出て行くまで店を開いていて、片づけもそこそこにして明日に備えていたから、掃除なども思うにまかせなかった。溜まりに溜まった大掃除が大晦日の晩に、それも客足が遠のいてからどーっと押し寄せてきて、それを押し返すのに必死、といった図なのである。

元日の朝は一年に一度の特別の食卓が用意された

それでもなんとか大晦日も無事に過ぎ、いよいよ正月を迎えることになるのだが、その朝早くから、オトーサンは初詣に出かけていた。毎年、川崎大師まで(注12)行ってお参りをし、破魔矢を買ってきたりするのだった。川崎というエリアは、実はオトーサンにとっていわば聖地であり、颯爽オトーサンと出会える場所でもあった。釣り竿を持ってそこから舟に乗り込み、三浦半島沖などに出て釣りをする太公望だったのだから。

戦地から帰ってきて以降、釣り竿を取り出そうともしなかったが、川崎に行けば、潮の香にかつての記憶がよみがえるのを止めようがなく、それこそ呆然と、大師そばの岸壁あたりを歩いたりしていたのではなかろうか。

「遅いねぇ、オトーサン」

母がぼそっとつぶやく。

「釣りでもしてるんじゃないだろうね」

と言いながら、自分で「まさかねえ」と打ち消したりしている。

そこへオトーサンが帰ってくる。

注12　**川崎大師まで**
初詣ではよく知られた古刹だが、田町からは電車で三〇分ほどのところにあった。境内にはたくさんの食べ物屋や土産物屋が並んでいて、正月はことのほかにぎやかであった。

注13　**手作りのおせち料理**
それでなくても忙しい暮れ、母は夜になると、信子姉や道子姉の手伝いを得ながらも、おせち料理の仕込みに追われた。そのうえこの季節には、家の裏の、それはそれは狭い空間に樽を並べて、白菜を塩で揉み、漬け

のそっと帰ってくる。

「ただいま」も言わない。まして「待たせたなぁ」なんてぜんぜん。

そして無言のうちに元日の食事が始まる。食事というより儀式であり、お祭りのようなものである。手作りのおせち料理(注13)もずらりと並んだ。

オトーサンの座る場所はちゃぶ台のいちばん端で、そこが上座ということになる。オトーサンは脚がわるいので正座ができず、ちょっとした箱の上に座布団を敷いて、そこに座る。食卓の中央には、普段見たこともない立派なお皿に、焼いたタイがまるごと載っている。「オカシラツキ」である。それだけでどこかいつもと雰囲気がちがっていて、大晦日の神主さんのオハライのときのように、オゴソカさが漂う。並の食卓ではなかった。そのオゴソカさのもと、家族全員が固唾(かたず)を呑んで見守るなか、オトーサンがタイのおなかのあたりに箸をつけ、その身を少しばかりつまんだ。それが合図で、声を揃えて新年の挨拶をする。オメデトウゴザイマース!(注14)

そしてご馳走の奪い合いが始まる。

正月の幕開けである。

しかしその特別な時間もあっという間にすぎて、お店を開け、荒縄に守られたみかん箱を並べ直してのショーバイショーバイが始まるのであった。


込んでいた。この漬物をあてにしているご近所さんが少なからずいて、母はその要望に応えようと必死だったのである。

注14　**オメデトウゴザイマース!**
元日には、一家揃っての宴のほか、もうひとつ大切なことがあった。それは、全員の誕生祝いを兼ねていたことだ。元日にひとりひとりが、ひとつずつトシを重ねる。数え年で年齢を数えていたからだ。ウチには、ひとりひとりの誕生日を祝うという習慣がなかった。これが後々、個人的には顰蹙(ひんしゅく)を買うことになった。他意はないのだが、そのひとの誕生日を祝うという感覚がともなっていないから、アウトである。ツメタイ男にされてしまうのだった。しかし、正月にみんなでいっせいに齢をとって、祝い、祝われる、というのもいいものだ。だいいちわかりやすいではないか。

そして夜になると、客足がぱったり途絶えることもあって、夕食の時間には店仕舞いを終えて、ふたたび家族全員そろっての時間となるのだった。「一家団欒」というやつである。年にたった一度の「一家団欒」[注15]である。食事内容は朝と変わりないから、おいしさをゆっくり味わう、しあわせ気分いっぱいの時間で、こんなことはめったにないので、ムダ口もきかず黙々と箸を運んだ。あっという間にみんなおなかがふくれて、食事の時間はおしまい。外はことのほか静かである。大通りを走るクルマの数も圧倒的に少ない。一年でいちばん静かな夜なのであった。

呆然オトーサンをあてにせず奮闘を重ねた母

あらあらまた呆然オトーサンになっちゃったわ

大晦日から元日にかけての二四時間ほどは、しなければならないことが山ほどあって、さすがの呆然オトーサンも、一家のあるじとして、颯爽オトーサンの片鱗を、ところどころで見せてくれた。

しかしそれもつかの間のことで、正月の繁忙期が過ぎるとすぐに、呆然オ

注15　**たった一度の「一家団欒」**
オトーサンが出征していたときの母のメモには、子どもたちに食べさせながら、オトーサンがいてくれたら、と繰り返し記されている。しかし復員してきてからも、なかなか「一家団欒」のときを得ることはできなかった。

注1　**呆然オトーサンの殻**
ほかの復員兵はどうだったのだろうか。ドキュメンタリーなどに登場す

トーサンの殻[注1]に引っ込んでしまい、母のかすかな期待は、あっさりあきらめにとって代わられた。母にとって、オトーサンが不在のなか、文字どおり必死に子どもたちを守り、そして育ててきた「空襲と火の海」の時代は、まだまだつづいていたのである。実際に店でも、母が前面に出ることが多くなる。大変な忙しさにはなるけれども、店にいるときの母は、どんなときよりもいきいきしていた。お客さんとのやり取りに、冗談をたっぷり味付けして、たのしんでいるようにさえ思えた。

お客さんも多士済々で、豪快な相撲を取り関脇まで昇進した関取（東京で本場所があるときは、自宅があるこの界隈から部屋や国技館に通っていた、羽島山関）、ヒットを飛ばす直前の先行き不透明だった歌手（克美しげる）、戦時中の態度を問われ大手電気会社で出世の行き止まりに直面していた京大出の課長、進駐軍相手の大きなクリーニング屋を仕切り辣腕をふるっていたおかみさん、ご近所のあれこれを洩れなく面倒見ていた長屋の大家さんもどきのおばさん等々。そのひとりひとりに如才なく応える母を見ていると、オトーサンとどうしてこんなに違うんだろうと、訝しく思ったりもした。

しかし、かつては新しい漫談のレコードを買い込むほど、芸能好きだったオトーサンだから、やはり冗談を飛ばしながら、活気にあふれた商いをしてい

るオトーサンたちは、戦地のことを黙して語らないところはだいたい共通しているが、大きく分けて、相当神経にダメージを受けていて、言葉を失っている人と、戦地でのことは仕方なかったことと、しぶとく居直るタイプがいるようだ。戦地では指揮官だったプロの軍人に居直るタイプが多いのは当然といえば当然か。今でこそ、傷ついた神経を抱えた人には、PTSD（心的外傷後ストレス障害）といった気のきいた病名がついて、それなりに見守られるが、オトーサンの時代は、生きて帰れただけでもありがたいと思え、でおしまい。しかも当人は、オレだけ生き残って、などと肩身を狭くして小さくなっているからなおのこと、沈黙を守るしかなかったのである。そういう「オトーサン」たちも、どんどん鬼籍に入ってしまったから、戦地の呻き声など、深い闇に閉じ込められたままなのだ。

たのだろうと、母の姿から颯爽オトーサンの姿を思い浮かべることもできた。

台所でも獅子奮迅

母の一日は、火起こしから始まった。朝、誰よりも早く起き出し、夏も冬も、外で七輪（しちりん）に細い木切れや消し炭を入れて火を起こし、冬であればさらに新しい炭に火を移して、これを七輪から火鉢に入れたりした。そしてカマドで飯を炊いた。このときの燃料は、もっぱら、果物が入っていた木箱をばらした薄い板である。飯はずいぶん長いこと、麦飯だったが、白米を口にするまで、これをまずいなどとは思わなかった。朝は一汁一菜が当たり前で、一菜も、ある時からはもっぱら納豆だった。これでも十分だった。

仮住まいの頃は、ごはんもないことが多く、たとえば、かぼちゃを煮たのが一個、大皿の上にデーンと置いてあって、これを取り分けて食べる。サツマイモも似たようなもので、それでも食べることは、とてもうれしかった。育ちざかりですからねぇ。

ある夏の夕方、そろそろ日も暮れる頃、外で遊んでいると信子姉の声が聞こえてきた。

シゲオー、ゴハンだよー。

えーっ、ウソだろと思った。すでにその日は、二度食事していたから、三度目って、間違いだろ、と真剣に思った。そして、そのことを言ったら、あっそうか、三度目かって気づいて、取り消されるんじゃないかってワルヂエがはたらいて、さっさと家に戻って、当然のようなフリをして、何も言わずに食べた。しめた！　なのだった。

とまあそんな食糧事情の中で育ったのだが、いま、戦時中の母のメモを見るにつけ、よくまあ食べさせてくれたもの、育ててくれたもの(注2)、と感動を禁じ得ない。戦後になってからも、どんなに忙しくても、自らの手で食べ物をこしらえてくれていたのである。

＊参考――今さらながら思う、戦地での餓え死に

比較的最近見たアジア太平洋戦争に関わるドキュメント番組の中で、ある戦死者の妹さんのさり気ない独白が忘れられないものになった――お兄さんの死因が「餓死」と知らされたとき、それまで「お国のため」とか「天皇陛下に捧げた命」とか言い聞かせながら、気丈に振舞っていた母親が、どっと泣き崩れたというのである。それを聞いたときは、なんとなくスルーしてしまったのだが、実はそこにはとんでもないことがひそんでいるのだった。

注2　**育ててくれたもの**
ぼくが高校を出る頃、母はよく白楽天の「燕の詩」のことを話してくれた。どんなに苦労して育てても、子どもはけっきょく巣立っていくものと、親は覚悟しなくてはいけない、というさびしい詩なんだといい、「巣中の飢を　恐るるがごとし……母痩せて　雛漸く肥ゆ」というフレーズを繰り返してくれたが、いま、母が残したメモからも、それが、実にリアルなことだったのだなと、あらためて感じざるを得ない。自分は食べられなくても、子どもにはなんとか食べさせ、やっとここまで育てることができたんだ、ということを実感していたのではないだろうか。

身近な女性が子どもを産んですぐに気づかされたのは、母親は子どもが生まれてから直ちにわが子を育てることに、凄まじい力を傾け、子どももまたそれに応えて育つという、ほとんど神秘的な事実である。周囲の「敵」からわが子を守るべく抱きかかえ、いっぽうでまずは乳を、やがて食を与え、育ててゆく。子を「飢え」させるという状況は、母親にとって絶対にあってはならないことであり、そもそも考慮・配慮の範疇には入ってこない概念なのである。母もまた過酷な状況のなかで、ぼくを含めた子どもたちを飢え死にさせてなるものかと、当り前のように踏ん張っていたのだ。

慈しんで育ててきた子どもが、こともあろうに、飢えて死んでいったということを知ったときの母親の悲しみが、どれほど深いものであったか、やっと実感として（想像するだけで涙がこぼれそうになるというレベルの実感だが）受け止めことができるようになった。

そしてほぼ時を同じくして、アジア太平洋戦争における、日本軍の戦死者の半数以上が餓死で亡くなっていた（注3）ということを知って、大きな衝撃を受けた。いわゆるインパール作戦の大失敗が「白骨街道」をもたらしたことや、ガダルカナルでの敗戦で多くの餓死者を出したことから「餓島（がとう）」と記されたりするようになったことなど、断片的には知っていたものの、トータルでは

注3　**戦死者の半数以上が餓死で亡くなっていた**
吉田裕『日本軍兵士――アジア・太平洋戦争の現実』（中公新書）による。政府が公表しているアジア・太平洋戦争の戦死者は三一〇万人（そのうち外地の一般邦人＝三〇万人、内地の戦災死没者＝五〇万人）で、その大部分が、一九四四年七月のサイパン島陥落以降の死者と推定されている。なおこの本は、ていねいな調査に基づき、兵士の立場からこの戦争を冷静に見ていて、歯科治療不足や海没死、戦争神経症、自殺など、ほかではあまり顧みられなかった事柄も、大切なテーマとして取り上げられている。

一〇〇万を超える飢え死にがあったことを、しっかり見据えなければなるまい、と思う。

もういやだ、どっかへ行っちゃお

年がら年じゅう店は開いているし、子どもがたくさんいる家の中のことも、もちろん台所も休みなしだし、母はほとんど外へ出かけるということがなかった。まして、ぼくを連れてどこかへ出かけることなど、数えるほどしかなかった。そのうちのひとつに春の上野公園行きがある。

ときは春。まさに桜がほころびはじめたとおぼしき頃の日曜日。

突然、母に呼ばれ、これから出かけるとのことでびっくりした。そんなことはついぞなかったからだが、母の表情にはウムをいわせないものがあった。こちらは付いていくのに精いっぱいで、あっという間に上野駅に着いていた。

「さあ、行くよ」

母の声にうながされ、改札口を出て、左右を木々に囲まれたとても広い道を進んだ。

途中、白衣を着てアコーデオンを奏でている人がいて、なんだろうと思ったが、母にぐいぐい手を引かれたので、立ち止まるわけにはいかなかった。

しかし目をそらすことはできなかった。アコーデオンをひいている人は片脚がなく、松葉杖でからだを支えながら演奏していた。その脇には片腕のない人が立っていて、首から箱をぶら下げていた。ふたりとも軍帽をかぶり白衣を着ていた。母からは、その人たちのことを聞いてはいけない雰囲気を感じていたので黙っていたが、母にはちゃんとわかっていて、そこを通り過ぎてからおしえてくれた。

「ショーイグンジンさん(注4)だよ。戦争でやられた人たちで、ああして、おカネを集めているんだ。みんな苦労してるんだね」

思いがけずしみじみした口調だったので、母の顔をそれとなく覗き込むと、すこし涙ぐんでいるようだった。なんだかいつもの母ではないみたいだった。

「もうすぐお花見だねえ。来週あたりはもっとうんとにぎやかになるんだよ、きっと。かあちゃんは来たことないけど、いやだねえ、よくそんな気になれるもんだよ」

などと言いながら、ほころびかけた桜を見上げ、歩をゆるめた。

広い通りを横切るような少し細い通りに出たとき、母は左に曲がりその細い通りに入ってすぐのところにある小さな店に入ろうとした。店といっても大きなすだれを立てかけたようなよしず張りの小屋で、竹の縁台のようなも

注4 **ショーイグンジンさん**
戦争で体に大きな傷を負った「焼夷軍人」は、もともとの仕事に復帰できず、国立病院などに収容されたりしたが、休みの日ともなると、盛り場に出て、ギターを弾いたりハーモニカを吹いたりして、カンパを募った。電車の中をカンパの場にする人も少なくなかった。戦争にはこうした後遺症があることを、クニは計算していたのだろうか。オトーサンの脚の傷など、ハナから問題にされなかった。

のが並べられているだけの店である。思いがけずそこに入って行ったので、ぼくも後につづいた。母は縁台のひとつに腰かけると、店のおばさんに注文した。

「アマザケ（注5）をちょうだい」

アマザケがどういうものか知らなかったが、サケとつく飲みものであることにおどろいた。母とサケは結びつけようがなかった。だいいちオトーサンもサケを飲まないし、家にはサケというものがなかったからだ。間もなくおばさんがお盆に載せて運んできたアマザケは、小さな湯飲み茶碗に入っていた。母はすぐにその茶碗を持ち、口に運んだ。ぼくは目を離せなかった。はじめて見る光景だった。

母はとてもおいしそうにアマザケをひと口すすり、ふうーっとため息をついた。

「生きかえるようだね」

ぼくはなんだかかなしくなってきた。さっきまでの母は「生きかえる」前の母だったのだということに気づいたからだ。

さらにもうひと口、そしてもうひと口。

「おいしいねえ」

注5　**アマザケ**
甘酒とはいいながら、アルコール分はほんの微量しか入っていない、あたたかな栄養ドリンク。江戸時代には夏バテにいいとされており、夏の風物詩のひとつでもあった。ちなみに上野公園のこの辺りには、いまも甘酒を飲ませてくれる店がある。

ほんとにおいしそうだった。

そして次第にいつもの元気でにぎやかな母を取り戻していった。

「おサルの電車にでも乗るかい？」

「えーっ」

おサルの電車は、その当時、上野動物園の一番人気アトラクションで、値段も高いし、とてもとても、とは思っていたけど、ホントは乗りたくてしょうがなかった。

「いいよ、乗ってきな」

というわけで、憧れのおサルの電車に乗ることができた。ほかの兄妹には内緒だと思い決めて、楽しんだ。なにしろおサルが運転するんだから、気まぐれで、ときどき止まったりして驚かせたが、それもまたたのしかった。軌道を一周すると、名残惜しいが、おしまい。

母のもとに戻ったら、母はほんとにうれしそうにしてくれて、ぼくもうれしくなってきたのは、いうまでもない。

「さあ、帰ろうか」

アマザケのせいなのか、顔色もよくなっていた。ぼくを連れ出したときの母とはまるで別人だった。もちろんくわしいことはわからなかったが、母には何かどうにも払いのけられないことが起こっていて、とにかく出かけることを心に決め、ぼくを連れて出たのだろう。ぼくのほうは、なにはともあれ、いつもの元気な母が戻ってきてくれたのだから、もうそれだけでじゅうぶんなのだった。

とげぬき地蔵にお願いするんだ、文句あっか

上野へ連れて行ってくれたときは、どこか切羽詰ったような、無口で沈んだ母だったが、巣鴨のとげぬき地蔵尊(注6)の縁日に連れて行ってくれたときの母は、それとはまったく逆で、普段よりもいきいきとしていた。上野へ行ったのと同じ年の秋、九月末のこと、学校から帰るとすぐに出かけるとのことで、あわただしく家を出て、田町駅から電車に乗った。巣鴨駅まで三〇分ほどだったが、外の風景も車内のあれこれもおもしろく、まったく退屈することがなかった。とげぬき地蔵尊へ向かう通りは、左右に店や露店がずらっと並んでいて、まさしくお祭りだったが、母は冷静で、まっすぐ前へ進んだ。地蔵尊へ急いでいたのである。

境内に着くと、このへんでかならず待っているように言い置いて、母は本殿らしき建物の中へ入って行った。いろいろなおばさんやらおばあさんが

注6　**とげぬき地蔵尊**
いまでは「おばあさんの原宿」と揶揄されることも少なくないが、母親あるいは女性ならではの祈りを抱えているひとがたくさんいるということを、実感できる場所でもある。四のつく日は縁日で、ことのほか混雑する。母と行った日も縁日だったが、出かける理由として「縁日」は何よりも説得力があったようだ。

次々と来ては、お地蔵さんに水をやったり、香の煙に手をかざし、その手でからだのあちこちをさすったりと、そんなことを見ているだけでおもしろかった。きちんと着物を着ているひともいれば、なりふり構わず祈りに来ている態のひともいて、いろいろと想像することもできた。

やがて母が戻ってきて帰路についた。左右にはいろいろな店が待ち構えている。ぼくは来る途中で目星をつけておいたおもちゃ屋の前で立ち止まった。母もこれは覚悟していたらしく、足を止めた。ぼくは小さくて仕掛けもかんたんな、ポンポン船(注7)のおもちゃをねだった。実は前々からほしくてしょうがなかったのだ。帰りの電車の中で、どれだけポンポン船のおもちゃがほしかったか、どのようにすれば水の上を走るのか、興奮状態でしゃべりまくったが、母はたしなめるでもなく、むしろおだやかな笑みを浮かべて聞いてくれるのだった。その日の巣鴨行きは母にとっても、とげぬき地蔵尊で、お守りになる大切なお札(ふだ)を入手したし、ぼくにおもちゃを買い与えることもできた、いい一日だったのだと思う。

ところでそのお札は、とげぬき地蔵の本尊である菩薩像を刷り込んだ紙片で、御影(おみかげ)と呼ばれていたが、病気のときなど、これを水といっしょに飲み込まされた。あとで知ったことだが、からだにダメージを与えるとげを抜くだ

注7 **ポンポン船**
焼き玉エンジンで走る小型船のこと。エンジンがポンポンと小気味のいい音を立てて水上を走るので「ポンポン船」と呼ばれていた。東京港内やそこに注ぎ込む河や運河をしきりに走っていたが、おもちゃのほうは、蠟燭の火でパイプを熱して水蒸気を発生させ、これを動力にするというもので、簡単な仕組みでもちゃんと水の上を走るから、子どもたちに人気があった。

けでなく、こころのとげも抜くご利益があるのだそうで、今さらながら、母がとげぬき地蔵尊を頼りにしていたのもすこしわかるような気がしている。

いなせなオジイチャンと颯爽オトーサン

たまたま見つけた赤提灯と割烹着のおかみさん

すでにオジイチャンが亡くなって十数年経ち、呆然オトーサンが「やおや」をたたんで間もない、ちょうど東京オリンピック（一九六四年）翌々年の話である。

バイト帰りに上野界隈[注1]、本郷と浅草を結ぶ言問（こととい）通りを歩いているとき、それまで何度も通っていたにもかかわらず、気づくことのなかった赤提灯を見つけた。提灯には「酒」のひと文字。ただし勘亭流と思える江戸風の文字が墨でしっかり書いてある。ひっそりとしたたたずまいで、吸い込まれるようにガラス戸を引き開けた。中は白木のカウンターに瀟洒な椅子が五脚ほど。客はなく、割烹着[注2]をつけたおばさんがひとり、カウンター越しにいた。

「いいですか」と席が空いているのを確かめて聞くと、ぼくの様子をさっと

注1　**上野界隈**
子どもの頃は、上野というと、地下道には、自分と同じ年頃の戦災孤児の寝場所があったり、広場には傷痍軍人やタンカバイ（啖呵売）でバイトする学生たちがいたりする、魔窟のような、近寄りがたい雰囲気をたたえた空間で、わざわざ足を運ぶところではなかった。しかし二十代になって、比較的近くの駒込あたりに住んだりしたこともあって、なんとなく雰囲気に馴染んできて、出入りするようになっていたのである。

注2　**割烹着**
そういえば母もふだんは割烹着だったから、同じような格好をしたおかみさんに、親しみを感じたのかもしれない。

見てとったおばさんから「どうぞ」という返答があった。店の中をざっと見まわすと、壁には相撲の番付と寄席のポスターが貼ってあるだけ。なんだかいい雰囲気である。さっそくお酒を一本つけてもらいながら聞いてみた。

「ぼくはけっこうこの前を通るんだけど、いま初めて赤ちょうちんに気づいたんですよ」

「それはそうよ。ここはほんの時々にしか開かないからね」

「気まぐれ酒場なんですか」

「ふうん、しゃれた言い方ね。それ使わせてもらおうかしら。ついでにわたしの名前は、何て呼ぶ?」

くだけたひとである。

「そりゃあ、やっぱり『おかみさん』ですよ」

ざっくばらんなおかみさんに打ち解けて

すぐに打ち解けて話すことができたこのひとは、ほんとうに「おかみさん」で、それも、寄席の席亭のおかみさんだった。まだお金を稼げない若手の噺家のために、いっそお店を開いちまえとカウンターをしつらえ、飲み屋風にしてしまったとのこと。道理でふってわいたような赤提灯だったはずだ。

そこでおかみさんとふたりで、四方山話に興じることになったが、上野を振り出しに、その頃よく歩いていた赤坂や麻布、新橋あたりの話をしていたら、おかみさんの口調がちょっとあらたまった。

「お兄さん、若いのにずいぶんいろいろと知ってるね。どこの生まれなの？」

「芝です」

「港区の？」

「そうです」

「芝のどこなの？」

「田町です」

「ふうん。で、田町のどのあたりなの？」

「駅前の大通りを渡ったところです」

「えっ？　じゃあ駅のほうから横断歩道を渡ったところにある、やおやさん、知ってる？」

「そこがぼくんちです」

「うそーっ！」

「ほんとですよ」

「あら、まあまあ」

ちょっとおかみさんはコトバに詰まってしまった。

「でもよく、あのやおやを知ってますね」

「知ってるもなにも、あんた、まだ娘だった時分にね、友だちとふたりで毎日のようにあそこを通って、聖坂（ひじりざか）(注3)の下にあったお師匠さんのところへ踊りを習いに行っていたのよ。あのやおやさんのあんたは……」

「もしかしたら、ぼくのオジイチャンのことかな」

「ちょっと待ってよ。わたしもいただくわ。これは自分の分だから安心してよ」

おかみさんはコップをカウンターの上に取り出し、一升瓶からお酒を注いで、ひと口、あおるように喉に流し込んだ。すっきりした飲み方で、さすが、おとなの酒は違うなぁ、と感じ入った。

あのやおやのおじさんに、わたしたち、あこがれてたのよ
「あんたのオジイチャンね、わたしたちにはいまでも、やおやのおじさん。手ぬぐいをくるくるって絞ったはちまきを軽くしめてね。いなせなおじさんで、わたしたち、あこがれてたのよ。ねえ、あんた、ほんとにあのおじさんのお孫さんなの？　うそみたい」

注3　**聖坂**
田町の駅前にある東海道とは別の大通り（三田通り）を渡り、高輪へ抜ける急な坂道が聖坂で、昔、高野聖が通る山道だったところからその名がついたとも言われている。実際ぼくの幼少時にはまだ山道を登る感じだった。坂の上にはたくさんのお寺があって、ぼくが通った中学校は、そのうちのひとつの跡地に建てられていた。お墓の跡でもあったので、工事をすると、頭蓋骨など、骨がよく掘り出されていた。坂の下には仕舞屋（しもたや）が所狭しと並ぶ一角があり、江戸時代までゆうゆう遡れるような雰囲気があった。踊りのお師匠さんも、そのうちの一軒にいたのだろう。

「うそみたい」と思ったのはこっちも同じで、店先に出ているときのオジイチャンが、だんだん姿かたちを現してくるようだった。おかみさんもどうやら、ウワノソラ状態になっている。

「ちょっと待ってね。いっしょにお稽古に行っていた友だちにもおしえてあげなくちゃ」

おかみさんは、そう言うと、カウンターの端に置いてある黒い電話のダイヤルを回した。間もなく相手が出たようで、ことのいきさつを手短に話すとぼくに、まだいるわよね、と念を押したうえで、「待ってるわ」と言って受話器を元に戻した。その友だちの到着を待つあいだ、オジイチャンにあえてふれることなく、落語の「芝浜」の舞台[注4]がウチのすぐ近くだったという話で盛り上がった。

さて件の友だちのほうだが、あわてず騒がずといった態で店に入ってきて、ぼくの隣りの椅子に腰をおろすや、ぼくに向かって開口一番、

「ほんとにあのおじさんのお孫さんなの」

どうも似ていないというか、あの粋でいなせな男の直系だということを、許さない口調なのである。

「ほんとです」

注4　**「芝浜」の舞台**
古典落語の名作「芝浜」に出てくる浜辺は、田町駅からすぐ近くの「本芝」という地域にあった。山手線の内側に海が入り込んでいたわけで、ぼくが小学生だったときは、そのあたり一帯、海苔の養殖業者の仕事場であり、和船を漕いで、羽田沖と行き来していて、季節になると浜辺にはびっしり海苔が干してあった。友人の四谷シモンさんの記憶では、電車から見ていると、その辺りは真っ黒に見えたという。
それ以前、つまり「芝浜」のころは「雑魚場（ざこば）」という、雑魚を扱う魚河岸だったそうで、その浜辺の位置や狭さからも、なるほどと納得できたものである。

「だってあんた、わるいけど、そりゃあかっこよかったのよ。ねじり鉢巻に、印半纏を着て、ももひきに雪駄でしょ、声も威勢よかったしね。三〇過ぎだったのかしら、渋味もあってね」

おかみさんの友だちは話しながら、どんどん自分の世界に入って行き、そこから遠慮なく声を上げるのだった。応えるぼくも大変である。

「たしかにオジイチャンはそんな格好がお気に入りだったみたいで、ねじり鉢巻きを締めたときのオジイチャンのことは、よくおぼえているなあ。ばっちり決めていた」

「そうでしょ。あたしたちは踊りの稽古で、あのお店の前を通って、おじさんに会うのがたのしみだったのよ」

若い女の子をよろこばせることができた粋なオジイチャン

「オジイチャンとはそれだけ？」

「それだけってなによ！　まだはたち前のおとめなのよ。声もかけられやしない。何か果物を買えばよかったんだけど、あがっちゃって、それもできない」

「そんなこともあるんだ」

「ちょっと、なあに！　あんたにはおとめの純情がわからないみたいね。おじさんはわかってくれていたわ」

　ここで、おかみさんが懐かしそうに話しはじめた。

「ところがね、あるとき、おじさんと目が合っちゃったの。どきどきして目を伏せたら、ひと言、声をかけてくれたのよ、行ってらっしゃいって。もうふたりしてたいへん。うれしくてね。ちゃんとわたしたちが毎日のように通って行くのを知っていたんだって。その日はお稽古も、ウワノソラだったわ」

「ふうん。オジイチャンも、よくおかみさんたちが稽古に通ってたってわかったね」

「そこがあのひとの、粋なところなのよ」

　あっという間にオジイチャンは「あのひと」になった。どこが粋なのかまではよくわからなかったが、若い女の子をよろこばせることができるタイプだったのだろう。

「どうしているのかしらね」

「オジイチャンは亡くなりましたよ」

「そう……」

　おかみさんもその友だちも、ちょっと感傷的になったのだろう、天井をあおいだりうつむいたり、しばらくお店が静かになった。

「ずいぶん経っているものね。今じゃあ、ああいうひとは、とんと見かけなくなったわ」

「ほんとにね」

「お店もなくなりました」

「あら、まあ……」

「つい先だってですけどね」

どうしてやおやがなくなったのか、聞かれるのを半ば覚悟していたけれど、そこはそれ、下町っ子らしく、まったく立ち入ってこなかった。

「そうなの……ああいうひとも見られなくなったけど、ああいうお店もほんと少なくなっちまったわ。さびしいもんね」

かくして酒が進み、にぎやかに夜は更けていく……

「やおや」がなくなったとき

夜更けの焚き火
赤提灯のおかみさんには、今はお店もなくなったということだけを話した

注1 **焚き火**
街路で焚き火するなど、今ではほとんど考えられないことだが、この当

が、オトーサンの「やおや」は、ひと晩のうちに、ドロンと、町から消えたのである。

東京オリンピックで世の中が浮き足立った翌年、一九六五年の六月某日、そろそろ終電の時間という夜更け、ぼくは店の前、舗道の隅で焚き火(注1)をしていた。少しずつ不要なもの、廃棄すべきものを燃やす焚き火である。

火の番はぼくひとりだから、おしゃべりもできない。しかも誰かから通りがかりに話しかけられても、あたりさわりのないように振舞わなければならない。大がかりな後片づけの意味をもつ焚き火だと、さとられてはいけないのである。これは秘密の焚き火だったのだ。もちろん、秘密に焚き火をするなんて、できるはずがない。焚き火の目的が秘密だったのだ。そう、この夜はすべて秘密裡にことを運ばなければならなかったのである。

実は一年ほど前に、わずか数十メートルしか離れていない、近所の老舗の酒屋さんが、夜おそく焚き火をして、そのまま町から消えてしまうという、町の人びとにとってはあまりにも唐突で、とてもさびしいできごとがあった。その酒屋さんは、醤油も味噌もすべて量り売り(注2)という、ご近所の台所に直結しているお店だったから、忽然といなくなったのは町の根幹を揺るがすような大事件だった。そのことを記憶している人が、ウチの焚き火をみて、妙な

時は、近くの消防署に火の見櫓(ひのみやぐら)があって、消防士が高い所から目視で火の気をチェックしていたから、それが焚き火であるかどうかなどは、ダイレクトに判断してもらえた。そういえばゴジラがこの町近くを歩いたとき、別の消防署のものかもしれないが、火の見櫓を倒して行った。どの町でもよく目立つ、いちばん高い建造物でもあったのだ。

注2　**すべて量り売り**
まだ冷蔵庫も普及していなかった頃のことで、日々の食卓に欠かせない調味料などは、どの家庭も、必要な分だけあればよかった。そのような要望に応えていたのが、この酒屋さんだったのである。ちなみに近所で最も早くテレビ受像機を購入し、子どもたちにも見せてくれたのは、この酒屋さんだった。お客さんも多く、裕福に見えたし、とても夜逃げするとは考えられなかったのだ。

連想をしないとも限らないのだ。幸いウチの場合は、普段から夜更けの焚き火をするほうだったから、そんなにあやしまれることはなかったのだが。

それにしてもこの焚き火の時間は長く感じられた。番をするのがぼくひとりだったということもある。燃えさかる火の前にひとりで立っていると、無性にさびしくなった。家の中にいれば親や兄妹たちといっしょに片づけや荷造りに取り組めて、気もまぎれたのだろうが、このときぼくはすでに家を出ていて、ひとり暮らしをしていたから、家の中には片づけるものとてなく、焚き火の番ということになったのである。


深夜三時半、トラックが来た!

さてその夜、何が起こっていたのか——

駅前ならではの飛び込み客を気持ちよく受けとめ、ご近所衆の信頼に応え、にぎやかに商いをしていた「やおや」にも、命運尽きるときがきたのだ。東京タワーがするすると伸び、東京オリンピックに向けて東京がTOKYOに変わっていくのと時を同じくして、ご近所からもウチの商いからもにぎやかさが失われていき、その夜、ついに店をたたむことになったのである。

たたむといっても、整理整とんしての店仕舞いではなく、ひと晩のうちに店と住まいをモヌケのカラにしてしまう「夜逃げ」の敢行である。「夜逃げ」というのはかんたんなようで難しい。こそこそ逃げるのではダメである。夜陰に乗じて！　さっと姿をくらます。それまでは、外から見たとき、平然かつ堂々と日常を営んでいなければならない。ナニカあの「やおや」のようすがおかしいと思われ、そんな噂が広がったら、その時点でパーである。ウチの場合は何人かの高利貸しの目をくらませればよかったので、それほど難しいものではなかった。それでも「夜逃げ」は「夜逃げ」である。息をころしてとりかかる慎重さと、さっとことを運ぶ大胆さが必要とされる。しかし何をするにもはじめてのことなので、必要にせまられるまま、ことを運んだ。すべてをひそかに進める、よその人にあやしまれてはいけないという、その一点を意識していれば自ずと、何をどうすればよいかがわかった。

必要最低限の家財道具などは、店の奥の三畳間や台所、二階などにあったので、母や姉たちが昼間のうちから少しずつ荷造りを進めていた。店は夜が更けてからも普通に開けていて、オトーサンと母が終電から降りてきたお客さんの相手をして、いつもと同じように世間話や冗談に興じて大声で笑ったり、おやすみの挨拶を交わすなどして、さて店仕舞いである。そのようすを見ながら、ぼくも焚き火の火を落としていく。

店のほうは、いつものように板戸を閉めると、いよいよ店内の片づけだ。焚き火を消したぼくも中に入り、片づけを手伝った。店のことはすべてオトーサンや幸次兄がやらなければならないのだが、店の隅々にまで積み重ねられた思いに手をつけたくなかったのか、オトーサンはますます呆然オトーサンになり、幸次兄も力が入らないようで、座り込んでぼーっとしていることが多く、けっきょくはぼくがコトを進めることになった。

家の中の片づけも大変だったようで、上の姉・信子と下の姉・道子が、運び出すのは必要最小限のものにしようと、母をなだめ、説き伏せ、どうやらまとまったらしい。何しろ大型とはいえトラック一台で、すべてを運び切るしかないのである。

かくして深夜三時半。約束の時間にトラックが着いた。もしトラックが来なかったらと思うとゾッとするが、来たら来たで、すごくあたりまえのことのように思えた。トラックから降り立ってきたのはふたりで、ひとりは四〇代後半ぐらいのがっしりしたからだつきのおじさん、もうひとりは三〇歳前後の細身の男で、ふたりとも同じグレーの作業着に身をつつんでいた。おじさんのほうが、この引越し（夜逃げでも、引越しであることにちがいはない）をあっせんしてくれた不動産会社の名を告げて、間違いがないか確認してから作業に取りかかった。さっそく店の板戸をあけて積み込みである。このときに、知った人が通りがかりでもしたら大変だ。

しかしこの時分はまだ、夜中はあくまでも夜中であり、開けている店などもちろんないし、町じゅうが寝静まっていた。ほんとに「草木も眠るウシミツどき」だったのである。

だからといって大声を出したりするわけにはいかないから、黙々と荷台に運び込む。トラックのふたりも荷台への積み込みを、これも黙々と、無気味なほど黙々としかも実に手際よく進めていく。小一時間で積み込みが終わった。

出発である。

ぼくはトラックの助手席の隅に乗り込んだ。ほかの家族は始発電車を使っての移動となる。埼玉県の某所で、たぶん電車のほうが早く着くだろうとの見込みがあった。まあ多少遅れても、みんなが到着するまでぼくががんばればいいと、気楽に構えていた。

トラックの運転台には、がっしりしたおじさんと細身の男とぼくの三人が並んだ。運転するのは細身の男のほうだった。ところがおどろいたことに、ふたりとも無駄なことはひと言も話さない。せいぜいが現在位置や道順の確認をするくらいである。それもふたりのあいだのことであって、ぼくには何も聞かないし、何を話しかけるでもなかった。

たぶん口をきいてはいけない「仕事」だったのだ。

「夜逃げ」にはそれぞれ事情がある。その一端でも知ってしまうと、あとでしかるべきひとに突き止められ問いつめられたときに、話さざるをえなくなる。それは依頼人とのあいだの「信頼」を裏切ることである。もちろんその時は、そんなことを考える余裕などなく、なんとまあブアイソな人たちかと思っていたのだが、よく考えてみれば、そのブアイソは「仕事」に対する誠実さのあらわれであり、依頼人に対する礼儀であり、そのまた依頼人、この場合はウチに対する、ヤサシサだったのだ。ひと言でいうと夜逃げの「プロ」だったのである。

ホンモノの詐欺師のナサケ
「プロ」といえば、この店仕舞いにあたっては、ある中堅の不動産会社とその若い担当者が、真剣に取り組んでくれた。店舗の売却から、埼玉県某所の住居の取得から、「夜逃げ」トラックの手配まで、ホンモノのプロならではの仕事をしてくれて、ウチは救われたのである。
それ以前に、新しい住居をひそかに探しているとき、信子姉に取り入ってきた不動産業者は、湘南海岸の浜辺に沿って建つバラック(注3)を売りつけようとした。このときは信子姉が一抹の不安を抱いて、ぼくに付いて来るように言ったのだが、その物件の中に入った瞬間、ぼくは怒りにふるえた。いわゆる海の家を板でちょいちょいと囲ったような構造になっていて、トイレもただ砂の上にたれ流すといった態のもので、怒りを表に出すのはなんとか抑えたが、ぼくはひるむことなく「これはダメですね」と断った。ジョーダンじゃない！　フザケルナヨ！　だった。

ひとの窮状につけ込もうとする連中が、少なからずいるということを、身をもって知ったので、その中堅不動産会社と担当者にはたすけられた。つけ込むどころか、窮状から這い出すのに、あれやこれやと手を尽くし、力を貸してくれたのだ。はじめのうちは半信半疑だった母も「捨てる神あればひろう神あり、だね」などと言いながら、さしのべてくれる手に、しっかりつかまるようになっていた。そしてなんとか「夜逃げ」にまでこぎつけたのである。

ところが、「夜逃げ」から半年も経たないうちに、信じがたいことが起こった。その不動産会社の名が全国紙の三面記事に、それもトップにでかでかと載ったのである。会社ぐるみの詐欺を常習的にしていたというのだ。どういうことなのだ、とぼくはキツネにつままれてしまった。ちょうどウチの

注3　**バラック**
木造の急造家屋で、近所には「引揚者住宅」や「朝鮮人部落」などのバラックがあった。そういったところに住む人たちは、後で知ったのだが、いろいろと差別されていたらしい。もちろん子どもたち同士は仲よかったし、よく遊びに行ったりしていたのだが。

「夜逃げ」騒動とまともに付き合ってくれていた同じ頃に、ほかのところで、それも一か所ではなくほうぼうで、騙し討ちを展開していたというのだ。

あれはナンだったんだ！

まあ、ホンモノの詐欺師は、持てるものから騙し取るのを「仕事」としていて、困っている者を騙すのは「外道」と蔑んでいたはずと考えれば、これは奇跡でもなんでもなく、ホンモノの詐欺師集団だったということになる。

そうか、それはありうるな。「夜逃げ」のトラックさんたちも、その不動産会社がいちばん信頼している、プロ中のプロだったのだ。

泥道の荷運び

埼玉県某所に着いたころは夜も明けていたが、雨がしとしと降っていて、しかも、トラックが入れない狭い道の奥に新しい住居があったから、荷を運ぶのは大変だった。大きな台車が二台、トラックに用意されていたものの、奥へ入る道は、まだ舗装もされていない泥道だったから、ぼくは内心、とてもあせった。ここでトラックさんたちに放り出されたらどうしよう、というあせりである。

しかしそれも束の間の杞憂で、彼らは相変わらずムダ口をきかず、雨の中、びしょ濡れもなんのその、いっさい手を抜くことなく、手際よく運んでくれたのである。タイミングよく、幸次兄や信子姉たちも電車経由で到着したので、さらに順調に運び終えることができた。トラックさんたちは、ひと言お礼を受け止めただけで、さっさと運転席に戻り、エンジンをふかしてあっという間に行ってしまった。

新しい住居でひと息入れながら、ぼくはずっとトラックさんたちのことを考えていた。すごい人たちがいるものだ。ほんとに冗談のひと口もきかず、黙々と荷を積みトラックを走らせ、雨の中、荷を降ろし、泥道の中をさっさと運んでくれた。グチのひとつも出ていいじゃないか、雨をうらめしく思う言葉を吐いてもおかしくなかった。でも、トラックさんたちはそんな素振りも見せず、淡々とやってのけた。なんともすごい人たちではないか。

ゆうべからの疲れもあったし、ぼくは荷物が積まれた畳の隅で、そんなことを考えながら眠りにおちた。

オトーサンの居場所

かくして「夜逃げ」は「夜逃げ」をまっとうし、新しい住居で朝を迎えることになったのだが、店仕舞いはこれで終わりというわけにはいかなかった。

北区王子の町で、ひとり暮らしをしていたぼくのところに、オトーサンを同居させ、かならずや突き止めてくるであろう高利貸と決着をつけなければならないのだった。これは「夜逃げ」までして実行した店仕舞いを完成させるために、必要なことだったのだが、オトーサンがよろこんで応じるはずはなかった。新しい住居で、しばしのあいだでも、からだを休ませたかったであろうことは、ぼくも重々承知していたが、それで新しい住居も奪い取られるようなことになったら、なんのための店仕舞いか、なんのための「夜逃げ」だったのか、ということになる。まあ、こういう事情をオトーサンもわかっていたから、説得はかんたんだった。

オトーサンは、四畳半ひと間のぼくの部屋でしばらく暮らすことになった。食事などは信子姉が仕事の帰りに寄ってまかなってくれたり、買いおきしておいてくれた。ぼくの部屋が、ウチの店仕舞い最前線になっていたのだ。部屋の住所は役所をたどればすぐわかるはずなので、まちがいなく高利貸は来ると、心構えだけはしっかりしておいた。

すると案の定、ひと月も経たないうちに、高利貸のひとりが訪ねて来た。一見やさしそうなおじいさんなのだが、どうしてどうして、しっかり高利で貸して、きちんと取り立てると評判の人である。たまたまぼくがいるときでよかった。ドアを叩く音に、もしかしたらと思いながら開けると、厳しい顔をしてオトーサンの名を告げた。ぼくはすかさず用件を聞き「あっ、それならもう十分返しているでしょ」とあたり前の顔をして返答した。

「いや、それがまだで」とか言いながら、部屋を覗き込もうとする。

目の前が小さな台所で、ひと目で四畳半の部屋だと読み取れたはずで、表情が柔和なものに変わっていった。現状をさっと把握して気の毒に思ったのだろうか、捨て台詞ひとつ残すのでもなく、そそくさと引き上げていった。

そのすぐ後にオトーサンは、ぼくの住み処からそう遠くない運送会社に勤める(注4)ようになり、やおや稼業で鍛えた、梱包などのウデを高く評価され、大切にされていたが、あるとき若い同僚に連れられて、近くのボートレースに行ったとのことで、興奮気味にそのようすを話してくれた。

「あんな賭けごとははじめてだよ」

「えっ、賭けたの?」

「それがな、当たっちゃったんだよ、五〇〇円がいっぺんに四千円だよ」

「そんなの、まぐれなんだからね」

「わかってるよ。あんな賭けごとはろくなもんじゃない。なんにもしなくたって、もうかっちゃうんだ。あれはろくなもんじゃない。もうぜったいに行

注4　**運送会社に勤める**
オトーサンは、ぼくの部屋に来た当座、四六時中寝転んでいたが、それまでが忙しかっただけに、そのままではからだに変調をきたすだろうと、こころを鬼にして、職探しに行くように勧め、すぐに通勤にも便利な運送会社を見つけてきた。オトーサンもハラを決めていたのである。

かないし、やらない。あれはほんとに、ろくなもんじゃない」

オトーサンはめずらしく怒っていた。本気で怒っていた。否も応もなく、ある日突然戦争に引っぱられたあげく、オノレをとことん奪われ、やっと帰ることができてからは、呆然オトーサンなりにいっしょうけんめい汗水流してはたらいて、大勢の子どもを育て、そのあげく、さいごは店仕舞いという憂き目にあったオトーサンの、それは率直なおもいだったのだ。

高利貸に感謝したオトーサン

ぼくがオトーサンを引き取るかたちで住んでいたアパートの一室に、あわよくばと、取り立てに来て、ようすを見ただけで帰っていった高利貸の一件があってから、ぼくはむしろ警戒を強めた。オトーサンには、ひとりでいるときは、誰が訪ねてきても居留守をつかうように、くどいほど言いおいてから、外へ出るようにしていた。あのときは、たまたまぼくがいたからいいようなものの、オトーサンひとりでは、強気の対応ができないとわかっていたからだ。

オトーサンは、金を借りて返せない自分がわるいと思い込んでいて、とっくにチャラになっているんだと言い聞かせても、ほんとうには納得できないでいるのだった。実直というかバカつきの正直というか、法外な高利がどういうものかなど、全然わかっていないのだった。

それも無理はないな、と思うところもあった。ぼくの目の前でお願いの電話しているときのオトーサンには、追いつめられたネズミが、敵うはずのないネコに立ち向かおうとするような、必死さしかなかったから、貸してくれることになった瞬間は、ほんとに涙が出るほどうれしかったのだろう。もう、何もかも忘れて、感謝、カンシャだったのだ。

ぼくにはオトーサンのそういうココロがわかっていたから、高利貸と一対一の対面はさせたくなかった。一度あやまったら、おしまいである。できもしない返済を迫られることになる。ぼくがオトーサンに、もう十分、返しているのだと話しているときは、うんうんとうなずくオトーサンだったが、ぼくはいっしょうけんめい、その情報を刷り込んでいるだけで、オトーサンは高利貸を目の前にしたら、あっさり、せっかくの刷り込みを剝がして、屈してしまう。とまあ、ぼくはオトーサンの動向にも目を配りながら、高利貸襲来に応じる心構えは崩さなかった。闘志マンマンだったといえば聞こえはよいが、闘志のウラにぴたっと貼りつくビクビクもあった。コワイおニイサンがついてきたときのことも考えての、ビクビクである。

しかし、最初に訪れてきた高利貸から、高利貸ネットワークを通して、それなりの情報が流されたのではないだろうか。それ以降、気味わるいほどいっさい、取り立てを企てる人物が来ることはなかった。いつまで警戒しつづけなければならないのか、見当つかずに困ったが、半年近く経つと、さすがにオトーサンの緊張もゆるんできた。

冬に入って寒さが身にしみてきたし、にぎやかな家族と離れて暮らすさびしさに、耐えがたくなってきてもいたようで、それとなく、もういいんじゃないか、埼玉の家族と合流しても大丈夫なんじゃないかと、ぼくに決断を促すような気配も漂わせてきた。

たしかに、もう誰も来ないだろうし、たとえ来たとしても、ぼくひとりで当座をしのげばなんとかなると判断し、オトーサンを家族と合流させることができた。

長いことはたらきづめにはたらき、ぼくと同居してからは、戦争で傷ついた脚は自分で治療しながら、生まれてはじめてのアルバイト生活をしていたオトーサンにとって、何よりも借金取りに追われる心配からひとまず解放され、家族といっしょに生活できるのだから、それはそれはよろこぶだろうとおもったが、そうはいかなかった。呆然オトーサンがやっぱり呆然オトーサンであることに変わりはなかった。

それでも、道子姉が結婚した直後から、そのダンナがよく訪ねてきては、オトーサンを釣りに誘い、近所の川でのんびりした時間を過ごすようになった。竿は残念ながら颯爽オトーサン秘蔵の竿ではなかったようだが、時々訪ねて行くぼくに、オトーサンは釣りのことをうれしそうに話してくれた。ちなみにふたりの姉のうち、上の信子姉は、親のような役割を果たしてぼくたちのために忙しく立ち働いてくれていたが、下の道子姉はそのぶん逆に、両親にやさしくしてくれて、そのダンナが父を釣りに連れ出して慰めてくれたのも、姉のそのような気持ちのあらわれだったのだ。

そんなこんなで、夜逃げという店仕舞いも、どうやら完結するにいたったのである。

第3部・五島列島へ行く

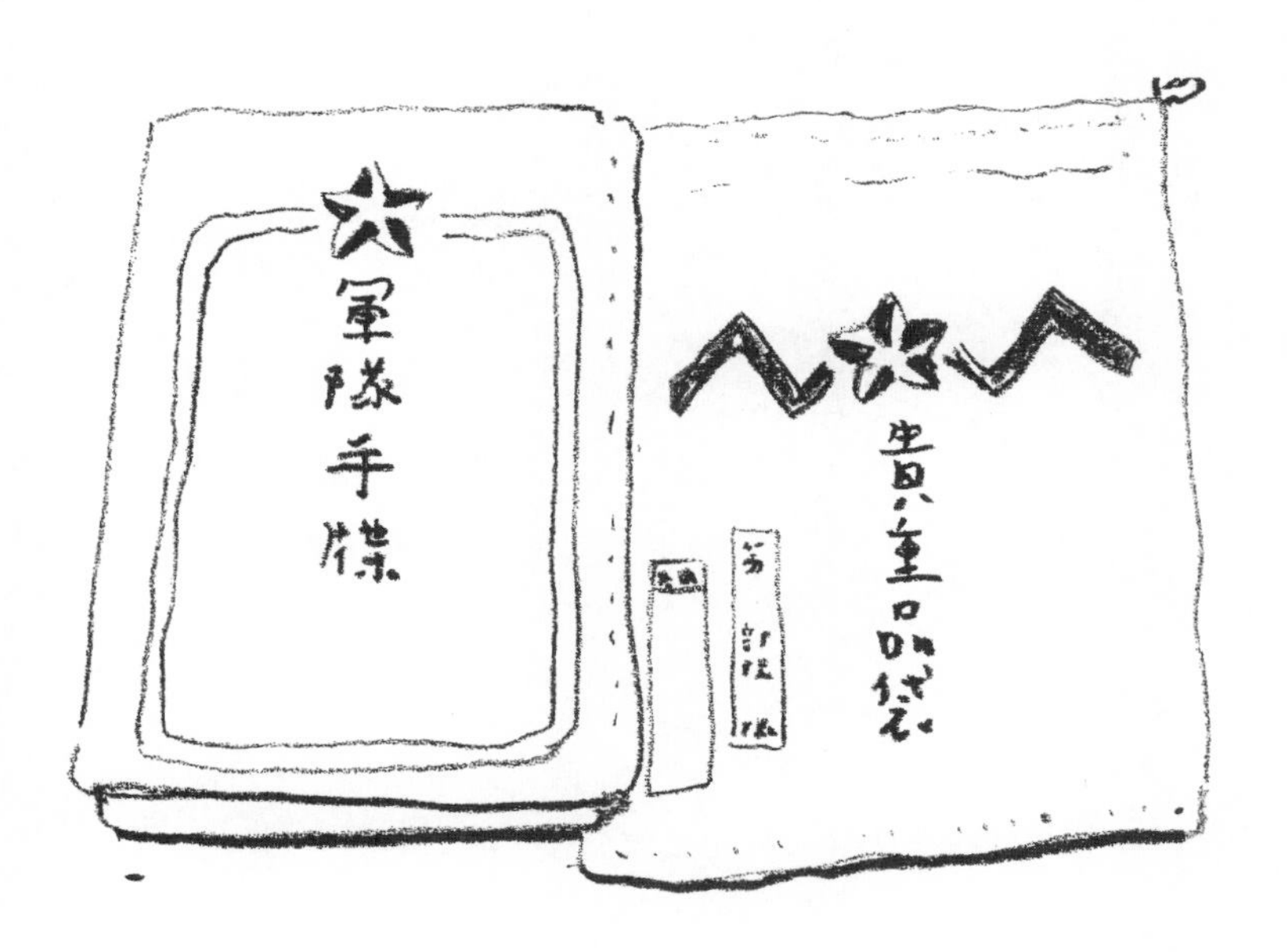

オトーサンの足跡をたどる

オトーサンの戦歴を語るたった一行の記録

オトーサンが、颯爽オトーサンの上から、呆然オトーサンの分厚い殻をすっぽりかぶるきっかけとなったのが、皇軍の一員となったことにあるのは、疑いようがないけれど、さて、オトーサンは五島へ出征する前、大陸には行っていなかったのか、その辺りのことも気になって、軍歴を調べることにした。

まずは厚生省に電話で問い合わせたのだが、ここですぐに自分の無知を知らされることになった。皇軍には、大日本帝国陸軍と大日本帝国海軍があって、それぞれ独立した、まったく別の組織であったということを、あらためて認識させられたのである。というのも、電話口で真っ先に聞かれたのが、その方は陸軍の方ですか、海軍の方ですか、という問いであったからだ。まあなんとか、陸軍ではなかったかというぼんやりした認識はあったので、その旨答えると、次に本籍地はどこか聞かれた。東京都だと答えて、はじめて具体的な話になった。

陸軍関係は厚生省の管轄でなく、軍歴証明等々は各都道府県に引き継がれているとのことで、東京都の担当部署（援護・業務課調査資料室）をおしえてくれた。さっそくそこに電話して用件を伝えると、すぐに調べてくれたが、その答えは「本籍地名簿」という書類に、たしかに載ってはいるけれども、記載されているのは、生年月日など、わずか一行の基本情報だけということだった。

それだけでは戦地のことはなにもわからないようだったので、あきらめかけたけれど、たとえ一行でも、その一行をこの目で見なくては、と閲覧の申し込みをした。しばらく経ってから担当部署の方から連絡があり、決められた時間に都庁へ出向いて行った。都庁はとんでもなく大きなビルで、そこに入ったときから違和感があった。このような無機的な巨大建築物の中に、血まみれ泥まみれ汗みずくの兵士たち（国民）の記録が蓄積され束ねられているということが、信じられなかった。まるでファンタジーの世界に迷い込んだ感じだった。

実際のところしばらくうろうろしてしまったが、たどり着いた窓口で相手をしてくれた女性は、幸いなことに非常に親切な方で、こちらがほんとに何も知らない（オトーサンが何も言わなかったのだから当然のことなのだが）ことを察してくれて、ほんとにたった一行に簡略化され記載された情報から、部隊名など詳しく読み解いて、ていねいに教えてくれた。

その方のところには、いろいろと尋ねに行く家族も多く、しかもお目当ての兵士は、復員してから何も語らず、かといってしっかりした記録もなく、戦地で埋もれてしまったままの下級兵士であることが少なくなさそうだった。これはその方の受け答えからぼくが推察したことなのだが、皇軍の一兵士なんて、まあそんなものなのだろう。さらにその方は、念のため厚生省であらためて調査してもらうことを、アドバイスしてくれた。さっそくおしえてもらった部署に電話して、手続き方法を聞き、必要書類を揃えて提出してからほぼ二か月、写真のようなコピー(注1)（実際はカラーコピー）が郵送されてきた。都で見せてもらったものの元になっている名簿である。

独立歩兵第六三七大隊「留守名簿」の表紙と、オトーサンに関する一行がそこにはあった。この第六三七大隊は、東京都が示してくれた資料から「独立混成第一〇七旅団」を構成する大隊の一つと分かっていて、しかもこの第一〇七旅団の終戦時の所在地は、五島福江（五島列島福江島）と明記されていた！

注1　**コピー**

独立歩兵第六三七大隊　留守名簿

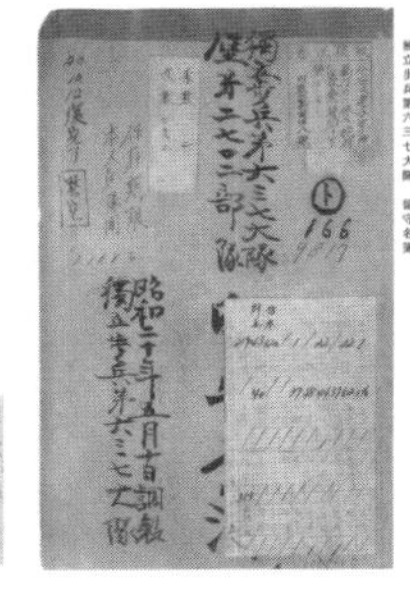

厚生省から送られてきた「留守名簿」の表紙と、オトーサンのことが記載された一行。タテに引かれた線はオトーサンが復員して、その個人情報が不要になったためだろうか。

本土決戦に備えていた五島列島

さて、オトーサンが独立混成第一〇七旅団第六三七大隊に編入されたのは、四月一〇日のことで、すでにアメリカ軍は沖縄に上陸、激戦が展開されていた時である。五島列島にも、いつアメリカ軍が上陸・侵入してくるか、予断を許さない状態にあった。

その直前、一九四五年四月八日、つまりオトーサンに召集令状が届けられた、まさにその翌日（!）、「本土作戦に関する陸海軍中央協定」という重大な指令が、大本営海軍部と大本営陸軍部の連名で発せられた。海軍と陸軍が連名で発するというのも異例だったが、なによりも「本土決戦」という最終局面が近づいていることを、軍自らが認めた指令でもあった。ポイントは「本土決戦」に備えて、あるいは実際に「敵の本格上陸を予知しうるに至れば」、それまではなにかと反目し合っていた陸海軍が、一体となってコトにあたることを明示したところにある。

そして次のような具体的な指令も含まれていた。

「水上及水中特攻基地ノ配置ハ敵ノ予想来攻正面ニ徹底的ニ兵力ヲ集中指向シ得ルヲ主眼トシ……又海軍特攻基地ノ設定ニ関シテハ所要ニ応ジ当該方面陸軍最高指揮官之ヲ援助スルモノトス」

ここで「水上及水中特攻」と記されているのは、基本的には一人乗りの、しかもベニヤ板で造られた小型ボートや小型潜水艦で、敵艦を攻撃する特攻作戦を指しているが、実際には人間魚雷のように、爆弾を積み込んで、敵艦に体当たりするしか攻撃効果は得られないと想定されていた。特攻隊にあこがれ（！）予科練に志願してきた若者たちも、特攻基地に配属されると、特攻ボートの基地構築と、ボートによる特攻訓練に取り組まなければならなかった。

この指令の中に、「海軍特攻基地ノ設定概ネ附表第二ノ如シ」として、「海軍特攻基地設定概位」という特攻基地構築の一覧表（注2）が添えられていた。それによると五島列島には、「蛟龍」「海龍」（以上は特殊潜航艇と総称される小型潜水艦）と「震洋」（注3）（特攻艇、特攻用小型ボート）の基地が構築されることになった。

このうち「蛟龍」と「海龍」の基地は、福江島の北東部にある奥浦地区に設けられるはずだったが、マボロシのプランとなった。いっぽう「震洋」のほうは、着々と準備が進められたものの、プラン通りの出撃実績を残すことなく、その前に戦争の幕がフッと降りた。

ちなみに作家の島尾敏雄さんはこの特攻艇「震洋」の、奄美大島加計呂麻島に基地を持つ第十八震洋特攻隊隊長として、特攻命令を待っていた。ジャ

注2　**特攻基地構築の一覧表**
この一覧表によると、関東地方にも基地が構築されていて、たとえば、八丈島には第一六震洋隊の基地が、また小笠原の父島や母島には複数の基地、三浦半島の小網代、千葉の勝浦、銚子、館山、静岡の下田等々に基地が構築された。

注3　**「震洋」**

ーナリストだった田英夫さん（TBSのニュースキャスターとしてベトナム戦争で名を馳せた）は学徒動員され、宮崎県赤水基地の第十六震洋特攻隊に配属されていた。

もしかしたら玉砕？

一方、戦時における五島のようすを調査した貴重な報告書（深尾裕之さんによる『終戦の五島を記録する～五島の海軍施設と米軍の来攻～』五島文化協会）には、「陸軍では五島列島全域の作戦防備を主として……独立混成一〇七旅団」（五島兵団＝前述したように、オトーサンがいた第六三七大隊もこの兵団に所属する）が行った」とあり、さらにその任務は「五島列島、特に福江島における要域を確保し、敵の同島における空海基地設定企図を封殺することである……終戦頃には野戦陣地の大半を概成し、坑道陣地二二、〇〇〇m（計画長の六〇％）を構築した」とあった。

オトーサンの任務が具体的に見えてきたのである。坑道陣地構築、つまり敵の上陸・侵入と前線基地設営を阻むトンネル状の陣地を作る、穴掘りである。かなり岩盤が多そうな、がっちりした地盤の島だから、容易な作業ではなかっただろうし、本土決戦に備えるというその目的からすれば、コトは大

特攻艇「震洋」の一人乗りタイプ（二人乗りは指揮官用）。長さ約五メートル、幅一・七メートルという小型ボートで、本体はベニヤ板製、艇首部分に爆薬を積んで敵艦に向かう。

急ぎで進めなければならなかったはずである。

と、ここまでわかったところで、もう少しくわしいことが知りたくなり、防衛省なら何かわかるかもしれないと、まずは電話してみた。用件を話すとすぐに、防衛研究所戦史研究センターの史料閲覧室につないでくれた。ここの相談係の方に、同じように用件を話すと、これまでに調べてわかったことの概略を聞かれたので、部隊名などを伝えると、すぐに、おおよそのことはわかるかもしれないとのことで、東京都や厚生省から得られた情報のコピーなどを送った。

しばらくすると返信があって、そこにあった史料などから、オトーサンの戦地でのようすが、おぼろげながらも浮かび上がってきた。

オトーサンが編入された独立歩兵第六三七大隊は、大隊長以下八一〇名の部隊で、福江島の西南地区に配備されていた。この地域からは、大瀬崎灯台(注4)が、もしかしたら見えたのではないかと思う。逆に言うと、アメリカ軍が上陸する恐れも少なくなかった要所だった。

さらに「独立混成第百七旅団戦闘計画」という史料をみると、まずは海岸付近に設けた水際陣地で敵を撃滅すること、突破された場合は、主陣地までの間に設けた複数の拠点で敵戦力を打ち破り、「肉迫攻撃、挺身遊撃」で敵

注4　**大瀬崎灯台**

眼下に見えるのが大瀬崎灯台。オトーサンもこのような光景を見ることができたのかもしれない。五島列島が東シナ海に面した海の要衝であることを象徴する灯台である。

戦車などを撃滅すること等々、詳細に計画されていた。

ただ一方で、旅団編成時には、「小銃及び銃剣を人員の十分の一装備せるのみにして他は一切なし」と後に報告されているような状況だった。苦戦必至だったわけである。

それでもよく坑道陣地を掘り進めたもので、敗戦までに計画の六〇パーセントが構築されたのは、兵士たちの、ほとんど不眠不休に近いはたらきによるものではなかっただろうか。ゲートルをほどく余裕なんてほとんどなかったのかもしれない。

もうひとつ驚かされたのは、初年兵はわずか一か月の教育で戦闘に立ち向かえるようにする、という方針が打ち立てられていたということだ。シロウトがたった一か月で実戦！　当然のことだが、軍はあせっていたのである。

オトーサンがいかに厳しい環境の中にあったか、そしてアメリカ軍が上陸してきたら、「肉迫攻撃、挺身遊撃」など、玉砕覚悟の戦いを強いられたであろうことは、容易に想像できるのである。そんななかだから、「オノレ」を文字通り完膚なきまでに（しかも急速に！）ツブされたであろうことも、想像に難くないのである。

なお、この第百七旅団の最後の師団長は、久世弥三吉（やそきち）少将で、演出家として名を馳せた久世光彦さんの父上である。この久世少将は昭和二四年、天皇陛下に申し訳ないと最後に語って亡くなったそうである。もちろんこのような軍の重鎮とオトーサンに接点などあるわけないが、エンターテインメントが好きだった颯爽オトーサンのことを思うと、なんともはや、という思いは拭いきれない。

五島列島福江島を歩く

福江島取材行

ところで、その頃の五島列島は、どんなようすだったのか、七〇年以上経った今となっては、リアルに知ることなどとうてい叶わない。しかし、手がかりを探るというか、少なくとも、どんなところなのか、その空気感だけでも味わってみたくなり、ちょうどオトーサンが送り込まれたのと同じ季節（春、四月だった）に、五島列島の中心地でもある福江島へ向かった。

たまたま福江島には、つい先ごろまでＮＨＫで自然系のドキュメントを撮っていた、旧友の上田浩一さんが住んでいて、いつかは訪ねてみたいと思っていたことでもあり、長崎には、移住したばかりの若い友人、西浩孝くん（彼も編集者で、戦争には強い関心を持っている。現在は「編集室・水平線」を立ち上げ、出版活動にも取り組んでいる）もいるので、声をかけたら行ってみたいということだったので、ふたりで長崎から上田さんの待つ五島列島・福江島に向かう船に乗り込んだ。

上田さんは、さすがに厳しい現場を踏んできたジャーナリストだけあって、出発前から、現地で藪をこげる服装や靴、洞窟の中を照らす懐中電灯等々、こちらの装備に対しても的確なアドバイスをしてくれて、おかげで取材は、短時間で最大の成果を得ることができた。

道なき道の向こうに秘密の基地が

上田さんがまず案内してくれたのは、福江島南東部・大浜地区の、小高くなっている林の中で、そこにほとんど忽然と現れたのは、広い間口のある洞窟だった。

洞窟というと語弊がある。壁面をしっかりとコンクリートで固めた構築物であり、なんと、それこそが特攻艇「震洋」の格納庫だった。(注１) まさに戦争のリアルな「現場」のひとつである。同行の西くんは「ここに震洋が……」と

注1　**「震洋」の格納庫**

福江島南東部の大浜地区に特攻艇「震洋」の基地が構築された。今もひっそりと木々に埋もれるようにして、その一部が存在している。これは「震洋」の格納庫で、標準タイプで四艇が納められていたという。ここから水路に引き出され、海に浮かべるのだった。

絶句してしまった。資料や想像でしか存在しなかった特攻艇「震洋」がここにあったのだと知ったときは、ほとんど鳥肌ものだったのである。少し落ち着いてから写真を撮ろうとしたら、上田さんが、入口にそれとなく立ってくれた。大きさが一目でわかるように、というジャーナリストならではの配慮である。すぐ近くにはコンクリートで固められた兵器庫(注2)もあった。

そのあと、野々切(ののきれ)飛行場(神風特攻隊の基地になるはずだったそうだが、いまは存在しない)の無線電信所跡や自家発電所跡など、いずれも秘密めかした洞窟や、富江水上飛行場の跡地で、今は豚舎になっているところや無線電信所跡(注3)などを、見て回ることができた。

いずれにしても五島列島の福江島は、オトーサンが行っていた一九四五年頃は、島本来のうつくしさやここちよさなどとまったく関係を断った、厳しく、ぴりぴりした雰囲気につつまれた場所であり、あののんきなオトーサンにはぜんぜん似合わない空間でもあった。

軍人のコトバとオトーサン

五島列島の周囲にはゆたかな海が広がっていて、釣り好きのオトーサンにとっては絶好のロケーションだったが、もちろん現実は、釣りどころではな

注2 **兵器庫**

これは格納庫のすぐ近くにある兵器庫で、しっかりしたコンクリートで作られている。「震洋」に搭載し、敵艦に向け撃ち放たれるはずだった爆弾などもここに収納されていた。

く、軍隊生活のど真ん中で、否も応もなく、しかも短時間のうちに皇軍ダマシイを叩き込まれる日夜だった。

上官はもとより周囲の兵士たちは、軍人勅諭や戦陣訓に連ねられたコトバで、全身を武装しているように思えた。自分もそのようなコトバを、からだに沁み込ませようとしてみるのだが、オトーサンは、別れのプラットフォームで母から、「かならず帰るように」と言われて力強く「うむ」と答えた自分を、忘れることができなかった。さらに、母に抱かれたわが子の「父チャン、父チャン」と泣き叫んだ声も、繰り返し聞こえてきていたのだろう。そのようなオノレと、あるべき軍人のすがたとのズレは、いかんともしがたかった。自分のこころを見透かされないよう、立ち居振る舞いに気を配るしかなかった。

ときどき予科練生らしい若者の集団に出会うこともあった。特攻基地の構築にいそしみ、やがては自爆に等しい攻撃に出る覚悟を決めていた若者たちである。オトーサンにはその若者たちもまた、よき軍人たらんとするコトバを全身に沁み込ませているのだと思えた。若いがゆえにそれは新鮮で力強いものだろうと思い、なんだか自分だけが、五島の広い空と海の中に、取り残されていくように感じた。

注3　**無線電信所跡**

福江島の南東部・富江地区にあった富江水上飛行場の無線電信所跡。コンクリートで保護された広い穴で、今はコウモリが飛び交い、ぶら下がり、壁には大きなオオゲジが這っていたりして、びっくりさせられた。

しかしそんな孤独感を味わったのもはじめのうちだけで、すぐに、皇軍としてダメなオトーサンを見透かされ、理不尽もへったくれもないビンタの連発（注4）と、屈辱的な命令に屈することで、みるみるオノレが遠く霞んでいくのだった。

特攻は望むところ――『教育勅語』、『軍人勅諭』、『戦陣訓』に記されたコトバ「震洋」のような特攻プランを可能にしたものは何だったのか――特攻隊員になるはずだった若者たちはもとより、それを命じる上官たちの、全身に深く沁み込んでいた「コトバ」を、軽視することはできない。その中核に書かれていたコトバを、あらためて引き出しておこう。

『教育勅語』より――

明治二三年に発布された明治天皇の勅語。小学生のときからひたすら暗記させられ、こころに叩き込まれていた。

こんな一節がある――一旦緩急アレハ義勇公ニ奉シ以テ天壌無窮ノ皇運ヲ扶翼スヘシ（いったんかんきゅうあれば　ぎゆうこうにほうじ　もっててんじょうむきゅうのこううんをふよくすべし）――文部省から発表された「全文通釈」

注4　**ビンタの連発**
このビンタについては、ぼくの想像による描写だが、実は水木しげるさんの戦記マンガを見るたびに、ぼくのイメージの中で、そこに描かれた水木さんとオトーサンが重なって見えてしまうのである。このような皇軍兵士は、実はゴマンといたんじゃないかとも思っている。

（一九四〇年）では、「万一危急の大事が起ったならば、大義に基づいて勇気をふるい一身を捧げて皇室国家の為につくせ」と解説されている。このうち「一身を捧げて」の部分は、一九四一年に文部省が編纂した、初等科修身の教科書では、「命をささげ」と、より明確に記されている。

『軍人勅諭』より――

明治一五年に明治天皇が陸海軍の軍人に下賜した勅諭（教育勅語より前に発せられている。つまり教育勅語のおおもとにあった、天皇のコトバなのである）で、天皇が大元帥であること、軍人たるもの死を恐れないこと、直近の上官からの命令であろうと、命令はすなわち天皇の命令であり絶対であること、ということを骨子としている。

こんな一節もある――（軍人は）一途に己か本分の忠節を守り義は山嶽よりも重く死は鴻毛（こうもう）よりも軽しと覚悟せよ。

つまり軍人の命は鳥の羽毛より軽いものと自覚せよ、ときっぱり。

ためらいは微塵もない。

『戦陣訓』より――

　軍人勅諭を戦の現場に向けて、さらに具体的に示したもの。昭和一六年に陸軍省が発表した。ここにも死をどのようにとらえるべきか、ストレートに表したコトバが並べられている。たとえば――命令一下欣然として死地に投じ、黙々として献身服行の実を挙ぐるもの、実に我が軍人精神の精華なり、と。また、生きて虜囚の辱（はずかしめ）を受けず、死して罪禍の汚名を残すこと勿れ、とも。さらに細かく、死後のことにまで言及している――常に身辺を整へて死後を清くするの嗜（たしなみ）を肝要とす。屍を戦野に曝（さら）すは固（もと）より軍人の覚悟なり。縦（たと）ひ遺骨の還らざる（遺骨が戻ってこない）ことあるも、敢て意とせざる様、豫（かね）て家人に含め置くべし、と。

『軍人勅諭』のポイントをさらに

　『軍人勅諭』にある、「上官の命を承ることは実は直（ただち）に朕が命を承る義なりと心得よ」というフレーズがもたらした現実は、今に伝えられる話から想像するだけでも、あまりにも過酷であった。どんなに理不尽な（間違いだらけの）命令であっても、それが上官からの命令であれば、すなわち天皇の命令なのだから、逆らえない。逆らえば即、死、なのである。

先日（二〇一七年末）偶々、悪名高い「インパール作戦」の実態を、イギリス軍の撮ったフィルムで構成したドキュメンタリー番組（NHKBS）を見たが、二万人以上の死者を出した（餓死者も少なくなく、死体は山道に放っておかれ、腐敗するにまかされていたため、そのルートには「白骨街道」という異名が付けられている）あまりにも無謀な作戦と、それを命令した上官（たとえば牟田口中将）の「わたしは間違っていなかった」とする戦後の談話は衝撃的だった。

これに対して、無責任じゃないか、と言うのは簡単だが、実は責任のとりようがなかったのかもしれない、ということに思い当たったのも、われながらショックだった。責任を追及すれば、命令系統を遡ることになり、行き着くところは大元帥の天皇なのだから。だれも責任をとらず、もみ消すしかなかったのだろう。ひどい話である。

あの戦争についていえば、基本的に「命令」には「責任」が伴っていなかった。もっと言うと、どのようなコトバにも責任はくっついていなかったのだ。ただひとり、ミコトノリを発した天皇を除いては。

特攻艇「震洋」搭乗員の証言

『終戦の五島を記録する』（前出）を著した深尾裕之さんはその最後に、特攻艇「震洋」隊の搭乗員だった島木昇さんの証言を収録している――

「教育の力の偉大さに今更ながら驚いております。物心ついた時から激動の波の中にあり、家庭・学校を問わず、男子は天皇陛下の為、お国の為に軍人になるのが当然の道であり目標でした。小学校に入学すれば、教育勅語『朕惟フニ皇祖皇宗……』を暗記し、旧制中学校に入学すれば、軍人勅諭『我ガ国ノ軍隊ハ世々天皇ノ統率シ給フトコロニゾアル……』を暗誦し、すべてが金科玉条で、できるだけ忠実に実行することが『忠君愛国』『忠孝一致』の精神に叶う道だと確信しておりました」――

この証言によると、「軍人勅諭」はなにも軍人になってから叩き込まれるようなシロモノではなかったのだ。旧制中学ですでに諳（そら）んじていたのである。ありがたいミコトノリなのだから、もちろん疑いを差し挟む余地なく、ポジティブに取り組んだのだろう。

戦争が終わる？　そんなことが！

一九四五年八月一五日正午、大元帥にして絶対命令者の天皇が、ラジオを通して詔書を読んだとき、戦争は日本軍の敗戦で終わった、はずである。しかしその直前まで、最後のひとりになっても徹底抗戦すると信じ込まされていた現場では、スムーズにコトが運ぶはずもなかった。五島列島に基地を構築しつつあったのと同じ、特攻ボート「震洋」の一部隊を率いていた、後の作家・島尾敏雄さんも相当困惑していた――

「われわれの隊員の中には敗戦の状況が容易には理解できず……抗戦の傾きを口にする者も居た。そのまま無条件降伏を受け入れる無念を彼らは訴えていたのだろう。ちょうどそんな時に、土佐湾岸の震洋隊が接近したアメリカ艦船に部隊を挙げて突撃を敢行したという無電を通信員が傍受した。血気の連中は勢いと力を得たように見えた。それこそ帝国海軍々人の本懐の姿であり、われわれもそれを鑑としなければならぬと口にしていた」――と記している（『震洋発進』潮出版社）。

五島列島における日本軍の実態を能うかぎり調べた、深尾裕之さんの調査によると、五島列島の福江島で作戦に従事していた軍のうち、海軍は八月末までには主な復員行動を終えていたが、陸軍は海軍に遅れることひと月以上経った一〇月五日、九〇〇名ほどが長崎港に到着、「復員第一陣」と新聞に報じられている。記事によると「武器弾薬はもちろん階級章も戦闘帽の星章もかなぐり捨てた丸腰の軍服姿、各自が行李あるいは毛布包みの荷物を一個づつ背負っての上陸である……MP、日本警察官立会で荷物の検閲を受けたのち三々伍々郷里に帰った」とある。そして一〇月一五日までには、オトーサンが所属していた、陸軍の独立混成第一〇七旅団、約七〇〇〇名の復員が完了している。

この短い新聞記事からも、突然の敗戦に対する、兵士たちのあわただしさや戸惑い、くやしさなど、複雑な感情を読み取ることができるが、オトーサンはどうやら、このとき軍隊手牒(注5)も破棄したのではないだろうか。なにもかも棄てたかったのではないか。恩給などなんだの、そんなことを冷静に考えることができたとは思えないのである。このような推測については、オトーサンの軍歴についてていねいに対応してくれた、東京都の担当者の方も頷いていた。相当数の軍人の履歴を扱ってきた方が、否定しなかったのである。いろいろな戦地で、同じようなことが起こっていたのかもしれない。

いずれにしても、このときはじめてオトーサンは、オノレに戻る機会が与えられたはずなのではあるが……

注5　**軍隊手牒**

皇軍の軍人は、この手帳に記されたことをすべて暗記することを要求されたという。手帳には軍人勅諭、教育勅語、戦陣訓が刷られていて、所属連隊の証明印影や自分の経歴、戦時着装被服のサイズ（帽、衣袴、外套、靴）、本籍、住所、氏名、生年月日、身長などが書かれていたはずであるが、オトーサンの遺品の中に「軍隊手牒」はなかった。したがって年金など受け取りようがなかったし、脚の傷ももしかしたら手当を受けられたかもしれなかったのに、そんなことのすべてを放棄してしまった。

呆然オトーサンは呆然オトーサンのまま逝ってしまった

呆然オトーサンは、颯爽オトーサンたりうる「オノレ」を取り戻すことなく、一九八九年一月、昭和天皇が亡くなってすぐ、元号が平成に変わったのを知ってか知らぬうちに、病没した。

けっきょくは、召集令状を受け取ってから、大きな感情のうねりに身を委ねたのも束の間、皇軍兵士として厳しい戦局の只中に投げ込まれ、急速にオノレを失ってゆき、復員後もオノレを取り戻すことができないまま、呆然オトーサンとして、目の前のあれこれに取り組むのが精一杯、とうとう家業からも投げ出され、自ら逃げ出して、どうやら一段落をつけ、呆然オトーサンは呆然オトーサンとして生涯を全うし、まるで自らの意思であるかのように、大元帥だった昭和天皇を追いかけるようにして、彼岸へ旅立っていった。

ぼくは会葬御礼の挨拶状の中に、戦争のことを何ひとつ話すことなく、という一行を挿入した。本文中に登場する「満州ノオジサン（残念ながら鬼籍に入ってしまった）」が会葬者への挨拶の中で、オトーサンを「ホトケさまのようなひと」と表現してくれたけど、まさに言い得て妙、実際戦地でオノレをなくし、ホトケさまになって帰ってきて、実は亡霊だったのに、そのことを隠して、帰ってくるという母との約束を果たし、身を粉にしてはたらいてきたのかもしれない。

最後まで、颯爽オトーサンの時代を取り戻すことはなかったけれども、むしろ颯爽オトーサンを、ぐちゃぐちゃぼろぼろにすることなく守り抜いた、と考えればいいのかもしれない。こちらとしては、颯爽オトーサンのイメージを、それなりにゆたかなものにしていかなければならないのだろう。

あとがき

呆然オトーサンのすがたを追い求め、いまさらながら気づかされたことも少なくないが、そのうちのひとつに戦地でのビンタがある。平手で相手の頬を思い切り叩き、その強さとかタイミングによっては、叩かれたほうは、ぶっ飛ばされることさえある懲罰である。懲罰だから、避けたり打ち返すことなど、絶対にできない。受け入れる一方なのだが、それ故に、ココロを直接叩かれる感覚がある。

これは中学生の時、実際にそのようなビンタをくらった経験からのビンタ観である。懲罰をくらう心当たりがあるときはまだ救いようがある。ココロを取り戻す余地がある。しかし全く心当たりがない、つまり理不尽なビンタは、その一発一発がココロを削り取ってゆくだろう。軍隊におけるビンタは、そこが狙いなのである。ココロを削り、つまりオノレを失わせ、軍人であることだけを残す。

オトーサンがビンタを食らっている図など、想像もしたくないが、かなりの短期間で徹底的にこれをやられ、とうとう、もともとのココロをなくしてしまった可能性はある。日常生活に戻っても、ココロは容易には戻らない。ドンパチやるだけが戦争じゃない、ということの具体的な一面である。

ここでもうひとつ、この本を書いていて気付いた大切なことを記しておきたい。それは今は亡き詩人・田村隆一さんの詩と、田村隆一さんその人のことである。

ぼくを編集者としてより、「三田のやおやの息子」として接してくれることのほうが多かった田村隆一さんには、ぼくの中に深く突き刺さったままの詩がある。

言葉なんかおぼえるんじゃなかった
言葉のない世界
意味が意味にならない世界に生きてたら
どんなによかったか

田村隆一さんの第二詩集『言葉のない世界』（一九六二年）に収録されている詩作品「帰途」の一節である。ここで繰り返されている「言葉」とは何か——なかなかつかみどころがなく難しかったのだが、呆然オトーサンのすがたを追っているうちにふっと、もしかしたら「戦争」を不可避のものとしたコトバ、「国家」を「国家」たらしめたコトバなのではないかと、思うに至った。ずばり『教育勅語』や『軍人勅諭』に代表されるコトバである。

学徒動員で海軍に入り、戦争の一端を担った田村隆一さんは、その種のコトバの持つ、魔術的な、底知れぬ力を、リアルに目の当たりにしていたばかりでなく、気づけば自分も縛り上げられていて、敗戦を経て、こんどはその縄を解くのに、時間をかけてたたかい、その途上、この詩を書きつけたのだと考えると、どんなに酔っ払っても、言葉に誠実さを感じさせてくれた生前の田村隆一さんが、浮かび上がってくる。

それにしても、戦争をめぐって、いろいろと気づかされるのにずいぶん時間がかかった。それだけに、まだまだ知らないことが、たくさん埋もれているに違いないということだけは、なんとかお伝えすることができたのではないかと思う。

この本が、これまでになかった考察や議論、創造的活動のきっかけになってくれればこんなうれしいことはないし、そのことが、一緒に取り組んでくれた、編集者の岡﨑智恵子さんや、春陽堂書店の永安浩美さんのお力添えに、すこしでも応えていくことになるのでは、と思っている。味わいのある装幀デザインで、この本の根っこにあるものを描き出してくれた南伸坊さん、さすが！　のひと言です。ありがとう。そして貴重なメモを残してくれた亡母や、呆然オトーサンになっても頑張ってくれた亡父への感謝も、あらためて——

二〇二〇年夏、著者記す

参考文献

石原俊『硫黄島』（中公新書　２０１９）
井上ひさし『東京セブンローズ』上下（文春文庫　２００２）
井伏鱒二『黒い雨』（新潮文庫　１９７０）
大岡昇平『ある補充兵の戦い』（岩波現代文庫　２０１０）
大岡昇平『野火』（新潮文庫　１９５４）
大塚英志『大政翼賛会のメディアミックス』（平凡社　２０１８）
大西巨人『神聖喜劇』（光文社文庫　２００２）
荻野富士夫『特高警察』（岩波新書　２０１２）
小沢昭一『わた史発掘　戦争を知っている子供たち』（岩波現代文庫　２００９）
雁屋哲／シュガー佐藤『マンガ　日本人と天皇』（いそっぷ社　２０００）
桐山襲『パルチザン伝説』（作品社　１９８４）
鴻上尚史『不死身の特攻兵』（講談社現代新書　２０１７）
斎藤貴男『戦争経済大国』（河出書房新社　２０１８）
斎藤美奈子『戦下のレシピ』（岩波現代文庫　２０１５）
島尾敏雄『震洋発進』（潮出版社　１９８７）
島薗進『国家神道と日本人』（岩波新書　２０１０）
デイヴィッド・ファンケル／古屋美登里訳『帰還兵はなぜ自殺するのか』（亜紀書房　２０１５）
永井荷風『断腸亭日乗』上下（岩波文庫　１９８７）
楢崎修一郎『骨が語る兵士の最期』（筑摩選書　２０１８）
帚木蓬生『逃亡』（新潮文庫　２０００）

参考文献

林京子ほか『戦争小説短篇名作選』（講談社文芸文庫　2015）

原田良次『日本大空襲　本土制空基地隊員の日記』（ちくま学芸文庫　2019）

半藤一利『B面昭和史』1926—1945（平凡社ライブラリー　2019）

藤井貞和『非戦へ　物語平和論』（編集室 水平線　2018）

深江亮『灰の歳月』（文芸同人誌815　2018）

深尾裕之『終戦の五島を記録する～五島の海軍施設と米軍の来攻～』（五島文化協会　2018）

藤原彰『餓死（うえじに）した英霊たち』（ちくま学芸文庫　2015）

別冊歴史読本60『日本大空襲』（新人物往来社　2007）

辺見庸『完全版1★9★3★7』上下（角川文庫　2016）

保阪正康『大本営発表という虚構』（ちくま文庫　2019）

堀田善衛『方丈記私記』（ちくま文庫　1988）

堀田善衛『時間』（岩波現代文庫　2015）

三浦綾子『銃口』（小学館文庫　1997）

水木しげる『総員玉砕せよ！』（講談社文庫　1995）

山口淑子『「李香蘭」を生きて』（日本経済新聞出版　2004）

山田風太郎『新装版・戦中派不戦日記』（講談社文庫　2002）

結城昌治『軍旗はためく下に』（中公文庫　1973）

吉田裕『日本軍兵士――アジア・太平洋戦争の現実』（中公新書　2017）

吉田裕『兵士たちの戦後史　戦後日本社会を支えた人びと』（岩波現代文庫　2020）

吉村昭『新装版・総員起シ』（文春文庫　2014）

吉村昭『遠い日の戦争』（新潮文庫　1984）

本書は、個人誌「月あかり」に連載されたものを大幅に加筆修正して単行本化しました。

著者

桑原 茂夫（くわばら・しげお）

1943年東京都港区生まれ。幼少時に焼夷弾で町が焼き尽くされる恐怖を味わう。さらにその町はゴジラに襲われ、東京オリンピック（1964年）で滅ぼされた。東京大学文学部・美学専修課程卒業後、河出書房新社および思潮社「現代詩手帖」編集長を経て、現在は編集スタジオ・カマル社を主宰し、個人誌「月あかり」を刊行。泉鏡花、ルイス・キャロル研究でも知られる。主な著書に『不思議の部屋』全4巻（筑摩書房、一部は光村図書の中学校国語教科書に採用され、現在も掲載）『図説・不思議の国のアリス』（河出書房新社）『不思議の国のアリス完全読本』（河出文庫）『ええしやこしや』（思潮社）『御田八幡絵巻』（思潮社）など。
（https://kamarusya.wixsite.com/kamaru/history）

西瓜（すいか）とゲートル オノレを失った男とオノレをつらぬいた女

2020年8月15日　初版第1刷発行

著　者 ―――――― 桑原 茂夫
装幀・絵 ―――――― 南 伸坊
発 行 者 ―――――― 伊藤 良則
発 行 所 ―――――― 株式会社春陽堂書店
〒104-0061
東京都中央区銀座3丁目10-9 KEC銀座ビル
TEL：03-6264-0855（代表）
https://www.shunyodo.co.jp/

印刷・製本 ―――――― ラン印刷社

乱丁・落丁はお取替えいたします。

ISBN978-4-394-90373-4 C0095